看得远、忍得住、吃得苦，才能i

所有的努力
只为遇见更好的自己

木槿 著

台海出版社

图书在版编目（CIP）数据

所有的努力，只为遇见更好的自己 / 木槿著 . -- 北京：台海出版社，2018.5（2023.1重印）

ISBN 978-7-5168-1851-0

Ⅰ . ①所… Ⅱ . ①木… Ⅲ . ①散文集－中国－当代 Ⅳ . ① I267

中国版本图书馆 CIP 数据核字（2018）第 085353 号

所有的努力，只为遇见更好的自己

著　者：木　槿

责任编辑：高惠娟　　　　　　　　　装帧设计：末末美书
责任印制：蔡　旭

出版发行：台海出版社
地　址：北京市朝阳区劲松南路 1 号，邮政编码：100021
电　话：010 － 64041652（发行，邮购）
传　真：010 － 84045799（总编室）
网　址：www.taimeng.org.cn/thcbs/default.htm
E-mail：thcbs@126.com
经　销：全国各地新华书店
印　刷：玉田县昊达印刷有限公司
本书如有破损、缺页、装订错误，请与本社联系调换
开　本：880×1230　　　　　1/32
字　数：203 千字　　　　　　印　张：8.5
版　次：2018 年 7 月第 1 版　　印　次：2023 年 1 月第 2 次印刷
书　号：ISBN 978-7-5168-1851-0
定　价：39.80 元

目录

第一章 未来：先实现一个小目标，再完成大未来

身边总有一些让你羡慕的人，他们要不就是事业有成，要不就是财源滚滚，要不就是爱情甜蜜。总之，他们的生活，足以满足你对未来的一切想象。反观你的生活，柴米油盐，平淡无常，成功似乎遥不可及，难免让人心灰意冷。其实，任何光鲜的人生都不是一蹴而就的。你完全可以先实现一个小目标，再完成大未来。为了明天，请大胆地接受挑战，漂亮地完成每一个小目标，你想要的未来，终究会为你而来。

第二章 努力：努力到无能为力，拼命到感动自己

你曾经用什么证明了你的努力？是凌晨五点钟伴着微弱的星光带着惺忪的睡眼上路，是地铁早高峰上被压碎的包子、挤丢的鞋，还是在繁华街区的写字间熬了一个通宵，顾不得休息，再辗转到另一个城市去提案？

总有人质疑：你为什么要那么累、那么痛苦，难道在老家找个朝九晚五的工作不好吗？他们永远不会懂得：人生短暂，活着，就是要证明自己的价值，就是要在自己的世界里掌握话语权，就是要与命运对抗，做自己的主宰！努力到无能为力，拼命到感动自己。唯有强大，这个世界才会有你的一席之地。

第三章　思考：高质量的努力是带着脑子的

在快餐时代的洪流中，人们脚步匆匆，信奉于"逆水行舟，不进则退"的准则，一窝蜂似的跟着大队人马向前迈进。但是最后你会突然发现，你只不过是这个世界的平凡一员，庸庸碌碌地过了一生，原因就是，你的努力，并没有带"脑子"。那些真正睿智的人，并不会像无头苍蝇一样，盲目地跟随潮流，他们懂得"停下来"的可贵。放慢脚步，你可以斟酌人生的方向，审视自身不足，要知道，每一次的停留，都为了更好地出发。

第四章 成功：我所谓的成功，就是遇见了更好的自己

这个世界，没有绝对的成功。不管你赚了多少钱，永远有比你拥有更多财富的人；不管你学习成绩多好，还是有比你厉害的"最强大脑"；不管你工作能力有多强，总是天外有天，人外有人……成功是永无止境的，一味地追求成功，会让你忘了生活的本质。最有意义的成功，就是今天比昨天好，今年比去年好，人生的轨迹始终向高处行走，让自己感觉到幸福。我所谓的成功，就是遇见了更好的自己。

第一章

未来：先实现
一个小目标，再完成大未来

追逐梦想，最好的姿态是慢慢来

1

她做着一切看似和她的梦想毫不相关的事情，有时候，我甚至都忘了她不应该如此平凡地活着，但是却在某一个路口峰回路转，突然恍然大悟：啊，原来，她还在追逐梦想的道路上！

故事的主人公，我们都叫她南希。出生在一个偏远的小山村里，却有一个做服装设计师的梦想。假如正在看这篇文章的你，也拥有着看似和自身条件不怎么匹配的梦想，我劝你一定要把这个小故事读完，说不定会就此改变你现在的想法。

这个故事的结局是好的，不管南希曾经的生活环境怎么样，现在的她在一家国际级的大型时尚品牌公司上班，成为一名成功的服装设计师，过上了她想要的生活。

过程，肯定是坎坷的。但是你永远都猜不到，在得到这个职位之前，她曾经做过不下十个公司的前台。做的时间之久，甚至让我以为她这辈子就是要做办公室文员之类的工作了。

在上大学之前，南希一直在家乡的山村里生活。她的那个村庄，跟时尚一点儿都不沾边，大多数人都穿得土里土气的，一年到头也换不上几次衣服。毕竟，学生们都还是穿校服的，而且众所周知，中国校服的款式千篇一律，毫无新意。

但南希却是个例外，倒不是说她多懂得搭配，相反，在别人眼中南希一直是个异类。她总是能想到稀奇古怪的穿衣方法，比如，在那个朴素为美的时代，她把破旧的牛仔裤扎了一排洞洞，然后又缝了起来；蓝色的校服上，她画了一朵粉红的花，很是扎眼；她把毛衣的袖子底部剪开，连同毛衣一起顺下来，做成我们现在蝙蝠衫的样子……

而这些，老一辈的人当然不能理解，认为南希就是在瞎折腾，衣服也不好好穿。也有乡亲们笑称："南希将来一定是个大设计师啊！"

其实也就一句无心的话，可能还暗带着嘲讽，但这个做设计师的心愿，却在她的心里扎根了。

但是，不用细想就知道这有多难，家乡的报刊亭，甚至都没有一本像样的时装杂志。在她那个村镇，孩子的学习成绩好，那就是好孩子。像南希这样整天抱着画板画画，那就是玩物丧志。在别的家长吹嘘自家孩子的学习成绩时，南希的父母都恨不得躲到最后面。

南希也是个懂事的孩子，知道美术这条路虽然可能适合她，但她的家庭却难以承担。所以她的目标，从好好画画，转变成了认真学习。她也知道，只有走出这个小城镇，才会有未来的无限可能。否则，按部就班地毕业、嫁人、养孩子，将会是她人生的命运轨迹。

南希的高考成绩不算好，但在她的家乡，足够做一名佼佼者了。父母这回乐开了花，自己的孩子终于争了把气，成为"别人家的孩子"，心里别提有多开心了。填报志愿的时候，报什么专业听父母的，报什么学校也听父母的，她就一个要求：学校的地点一定要在北京。

身边的人都笑了：真是个小城市的人啊，出去就要奔北京，也只知道北京？以南希的成绩，考其他省份的大学，还可以上好一些的，但是北京人才济济，她的选择空间真的不大。可南希却特别执着，一定要去北京，家里人拗不过，也就依了。

最后，想做服装设计师的南希来到了北京，读了与传媒相关的一个专业。终于来到了梦寐以求的大城市，南希做的第一件事，不是忙着享受这座城市的繁华，而是赶紧翻开地图，找学校到北京服装学院的路线。

"服装设计师"，一切都是为了曾经的那个梦啊！

大学四年时间，南希只有在期末考试的时候，才想起来自己是传播学的学生。逃过多少次课她已经记不清了，而北服的服装设计专业老师，她却已经混得脸熟。对于自己感兴趣的专业，即使每天早上天蒙蒙亮就要起床，转三班地铁去上课，她也丝毫感觉不到辛苦。

大学毕业，虽然她的服装设计理论已经学得差不多，但这行毕竟非常注重实践，天赋也非常重要。南希从小的出生环境，并没有给她加分。

相反的，并不富裕的家庭，根本不可能给她接触国际知名服饰的机会。甚至就连那些时尚杂志，也是南希省吃俭用才买回来的。

南希不是科班出身，就读的大学一般，传媒学的课程也学得很差。北京确实卧虎藏龙，她无法说服面试官相信她的服装设计能力到底有多高，也没有一家公司在看到她糟糕的成绩单之后，会给她一个尝试的机会。

最后，她不得已降低了标准，专门找公司前台的工作。她的全部要求，就是公司一定要大，最好是世界 500 强，高端的五星级酒店也可以接受。南希的长相比较出众，加上前台工作本身要求就不高，这下子很快就应聘成功了。

那她的"服装设计师"梦想呢？
一直都在啊！

她说，之所以选择前台工作，就是能见到形形色色的人，看到不同款式的服装设计，相当于免费的实体杂志。加上工作不忙，她找了份兼职，帮助一些小服装店进行设计，逐渐的，她也形成了自己的设计风格，作品也出了很多。

几年后，别人都以为南希会成为一个成功的前台。她却在某天，突然宣布辞职——

她说自己已经被一家大型服装品牌公司录用了，职位是服装设计师。

这时候的南希，早已经不是刚毕业的时候，只凭着文凭走天下了。她的服装设计作品，已经够出一个作品集了。面试的时候，她一拿出作品，不用多说，直接就被录用了。

当她报考了与服装设计无关的专业，当她从事了与服装设计毫无关系的职业，所有人都以为她放弃了曾经的梦想。只有她知道，梦想实在太遥远，要想一步实现几乎难于登天。她只好把准备好的梦想暂时放在心里，看似与梦想没有关联，实际上她却在一步步靠近梦想。

对于追逐梦想，最好的姿态就是慢慢来。

2

南希始终为了梦想努力，而最终也成就了梦想。可能你会说她的梦想太大了，也太远了，不是每个人都能坚持得下来。然而在生活中，每一个阶段，都会有属于你自己的小梦想，而这些小梦想，也需要你慢慢地实现。

明堂在上大学之前，就听说过很多关于大学的故事。有很多事情，我们从来没接触过，却被电视剧、电影、小说美化了，让我们无比向往。其中，"学生会"当然算一个。

就是因为听说太多学生会的故事，明堂觉得如果不进学生会，似乎就失去了上大学的意义。所以明堂上学的第一件事情，就是填了学生会的报名表，朝着心中向往的目标出发了。

事实呢，没有那么幸运，明堂落选了。喜欢文学的他，报了学校的新闻部，当时已经铆足了劲儿准备干出一番成就来，谁知道，连门槛都没进去。

当时的感觉，当然是相当失落，本来从小学到高中，明堂的语文一路都是佼佼者，始终都是班里其他同学学习的榜样。而他的文笔，也受到了很多老师的认可，好多老师拿着他的作文，像拿着宝贝一样做范文，整个学期挨着念。本来他对自己的文学功底特别自信，怎么一下就落选了呢？

可是，那又能怎么样，只好放弃呗。但是他心里还是有种执念，觉得学生会就是大学的象征。有句好话说，得不到的才感觉最好。明堂感觉就是这样，没进去学生会，这个组织就特别的高高在上，在他的心中就像神话一样的梦想。

明堂的大学生活也算丰富多彩，报名学生会落选后，却幸运地被校报社团录取了，成为一个名副其实的"校园小记者"。他在这个社团做得也算是风生水起，发表的内容，不仅被全校同学争相传阅，也得到了专业老师的认可。他就这样一步步地，从一个小小的部员，到了大二下学期，已经成为这个社团的最高负责人。

大三刚刚开学，又逢学校学生会选举，明堂做出了一个决定：退出校报社团，加入学生会新闻部。

对啊，没错，就是因为学生会是他曾经的梦想啊。

原来这么多年所做的一切，还是因为最初的一份追求。当初学生会落选后，明堂想了很多，想的还是怎么才能进入学生会。但是既然已经落选，短期内又没有再次竞选的机会，他又不想放弃，那么只能顺其自然，努力提高自己，等待以后的机会。

选择加入校报社团，因为这是与学生会新闻部工作最接近的组织，而且与明堂的专业相关。他尽全力在这个社团中做到最好，因为兴趣所在，当然最重要的原因，还是为了得到认可。待大三再次进行学生会评选的时候，他已经有能力告诉所有人：他绝对可以胜任学生会的工作。当时的新闻部竞选，再也找不出比明堂更适合这个职位的人了。

实现了小小梦想，明堂心里着实暗爽了一把。

都说校园是社会的一个缩影，有了这个经历，在未来的职场上，明堂为自己设立了无数个梦想。对于这些梦想，他并不急于求成，他只尽全力做他能做的一切，自然而然地也就接近了梦想。

3

很高的树上有一个苹果，你很想把它摘下来，但是怎么也够不到。于是你蹦啊蹦，蹦到再也蹦不动了，苹果还是在那棵树上，纹丝不动。世界上没有任何人，比你更加强烈地想吃这个苹果，但你的身高就是如此，这可怎么办呢？

这时候你想通了，不再纠结于如何去摘这个苹果。你沿着树干爬上树，够到了这个苹果的树枝，然后用力摇晃。其实苹果长得很牢，你也很难将它摇晃下去，但你还是继续坚持摇下去。摇啊摇，功夫不负苦心人，终于在一次摇晃中，苹果掉下去了。

你终于如愿以偿地吃到了这个苹果。

这个苹果，其实就是你想实现的梦想。你只一味地盯着那个看似不可能实现的梦想，并且一直在心里叨念着：这个梦想太大了，我肯定实现不了。就像在树底下的那个小人儿，蹦得再高，也蹦不到树的高度。

而爬上树，去摇晃树枝，就是换了一个角度，不再那么心急，而是耐着性子，为实现梦想而一点点去努力。终究有一天，曾经遥不可及的梦想，会因为你的努力如期而至。

梦想是可以去追逐的，但是梦想太过遥远，一步、两步一定是徒劳。实现梦想这件事情，是需要从长计议的。

追逐梦想最好的姿态，就是慢慢来。

假如南希当时就是想读北京服装学院，就是想成为一名服装设计师，但是以她的条件，即便有天赋，家庭条件也不允许。一味地坚持，对父母是一种压力，也不见得科班出身的南希，就一定能像现在这般成功。

假如明堂当时只一味地沉浸在没有进学生会的失落之中，只想着怎样才能加入这个组织，他可能永远也接近不了当时的梦想。就是因为以另一种姿态，慢慢地提高自身修养，逐渐获得认可，才能接近最初的梦想。

梦想，既然能称之为"梦"，那么实现的道路就一定不会短。一味地盯着最终的目标，很可能因为目标太难实现而选择了放弃。如果你心中有一个梦想需要实现，那么你要做的，不是憧憬实现梦想的成功，也不是时刻想着速成的法宝，而是需要冷静。

冷静地分析想要达成这个梦想需要具备什么样的素质，要怎样做，才能提高这方面的修养。诚然，梦想的实现，不是一天半天，而是常年累月经验的累积，再到最后自然而然的一种结果。

有梦想是好事，要勇敢地去追逐梦想。放慢你的脚步，好好享受梦想追逐过程的畅快淋漓，慢慢地做好眼前的事情，踏实地实现一个一个的小目标，你的梦想，终究会变成你未来的生活。

你没必要活在别人的期待里

上学的时候，你说你想学唱歌，家长说画画更能修炼气质，于是你还没有开始旋转，就已经谢幕。

大学选择专业的时候，你说你喜欢创作，喜欢天马行空地想象，想学艺术，家长说艺术太虚幻，不现实，选个好就业的专业，于是你满脑子的想法，全都被堵回去了。

工作的时候，你说你想去大城市，想去看看外面的世界，家长说一个人在外面风雨飘摇他们不放心，希望你留在身边，于是你行囊还没拿出来，就又放回去了。

你害怕你的拒绝会被看作是叛逆，你害怕你的不顺从会被看作是不孝，你害怕你的自我决定会让他们失望，所以你按照他们的期待学画画、选专业、待在老家。你活成了他们期待中的样子，他们喜欢的样子，你走着他们为你设定好的人生道路，不敢偏离轨道半分。

你活成了别人的影子，一点儿也不像自己。

阿蒙发来短信说：大西北真干燥，你当年是怎么在这儿待了这么多年的，九月就开始穿外套，早上起来一抹脸，都起皮了。

我一脸懵逼，问：你不是在温州上班吗？怎么跑大西北去了？

过了好久，她给我回消息说：我订婚了，现在跟着未婚夫在甘肃做生意。

阿蒙与未婚夫是相亲认识的，介绍人是阿蒙的阿姨，从见面到订婚，两人只用了一个月的时间。订婚仪式非常小，没有通知任何一个朋友，也没有邀请任何一个朋友，只是双方家里人见了面，吃了一顿饭，从此，阿蒙就要跟这个只认识一个月的男人牵绊一生。

阿蒙说：我并不是不想让你们参加订婚，只是我实在说不出口，我对这个男人没有任何感情，对这份突如其来的婚姻没有任何感觉。我承受不起你们的祝福。

在订婚前一个月，阿蒙还在温州上班，跟她男朋友一起。阿蒙的男朋友是她的高中同学，从北京读完大学之后，就回了温州。大学期间，阿蒙跟她男朋友一直是异地恋，一个在杭州，一个在北京。

阿蒙是专科，读的会计专业，毕业之后，没有在杭州找到合适的工作，就到了她姑父在贵州的一个工厂里当会计，一个月工资五千，食宿全包。

对于一个刚毕业的专科生，这样的待遇已经是非常不错了，虽然地方有点儿偏。阿蒙的本意是想多存点钱，等她男朋友毕业了，两人在一起也不至于太捉襟见肘。

她规划好了所有与他有关的未来：回浙江，离家近些，在城市里朝九晚五地上下班，是城市里最普通的上班族，也是人世里最平凡的小夫妻。

阿蒙的男朋友比阿蒙晚一年毕业，原本他计划是继续读研，但是如此一来，阿蒙又要在贵州再待三年，两个人的异地恋不知道什么时候是个头。为了早日与阿蒙团聚，阿蒙男朋友把心一横，就放弃了保研的名额，毕业后直接回了温州，阿蒙也在这一年辞职回到了温州。

阿蒙的父母是在她从贵州回来之后，才知道她已经有了男朋友，而且瞒着家里人谈了这么多年。

阿蒙跟父母摊牌的时候，父母就问了两句话："哪里人？家庭条件怎么样？"

阿蒙回答说："隔壁村的，条件一般，有三个姐妹。"

之后，她妈妈一句话没说，她爸爸一个劲儿地抽烟。但是"不同意"的态度已经表现得十分明显了。

阿蒙是个有自己主意的人，每一次却都不坚定。然而这一次，她的眼神是前所未有的坚定。她爱了那个男生整整五年，他们最好的青春，都是在彼此的时光里度过的。

"不能妥协，一定不能妥协。"她一遍又一遍地对自己说。

一个月后，阿蒙爸爸托人给她相亲，对象正是如今她的这位未婚夫。

呆板、老实、听父母的话，这是阿蒙对那个男生的第一印象。她甚至都没有记住他叫什么名字，也没仔细看过他长什么样子。她看着他在他妈妈的指挥下，加她微信，存她电话；她看着自己的妈妈听见他说家里有多少间店铺、多少钱时眼里显露出的欢喜，她心里莫名地生出一种悲凉。

我问阿蒙：既然不想跟男朋友分手，既然这么舍不得，为什么还要跟别人订婚？

她说那是因为她父母特别希望她能跟相亲对象在一起。对方的硬性条件搬出来，甩她男朋友十条街。

所以阿蒙用一个月换了五年，所以她心里再也没有柔软的爱情。

"你知道的，我家里条件不是很好，我还有一个妹妹要读书。我男朋友家庭条件也没比我好多少，我又何苦害了他呢？而且我爸说他家里姐妹那么多，关系很烦的。我也想过心一横，就跟他走了，但是我爸指着我的鼻子说我不孝。

"我有时候觉得很荒唐，从小到大，他们期待我成为什么样子，我就努力去成为什么样子。可是每一次，我照着他们的期待做了，却很少得到他们的认可，他们好像把我的努力和我放弃的每一个选择都当成是理所当然的。他们希望我是什么样子，我就应该是什么样子。

"一次又一次，从学习到兴趣，再到工作，甚至现在连我的爱情、婚姻也要照着他们期待的样子来。我的生活，早就不是我自己的，而是他们想要我过的理想生活。可是我没有办法坚持，如果当初我有一次没有按照他们期望的那样去做，也许今天我还会有一些勇气。可是我每一次都那么听话，早就形成了一种惯性。"

"人生有时候就是这么无奈，你是你自己，却又不是你自己。"听着她最后很平静地说出这句话，没有任何情感，我心里一惊。

我多想告诉她不是这样的，人生没有那么多的无可奈何！其实每个人对自己的要求都是适可而止的，但对别人的期待却是永无止境的。你做得越多，他们期待得就越多。你以一己之力，是不可能完成所有人的所有期待的，你也成不了别人眼中完美的人。

就像你听到父母称赞隔壁家的孩子拿了第一，你在父母的眼里看到了"得第一"的期待，于是你拼了命地学习，捧回了全班第一的奖状，却得不到一个肯定的眼神，因为隔壁家的孩子早就变成了全年级第一。

你默不作声地往他们的期许里靠近，而他们却早已更换了更遥远的期待。

我们每个人都应该活在自己的期待里，你是什么样的性格，才能决定你有什么样的人生。闭上眼，关闭听觉，不理会别人的期待，只为了你自己期待的生活而努力，你才会知道原来你的选择还有很多。

有些女生喜欢留着俏皮可爱的短发，但是别人说"女孩子嘛，就应该是长发飘飘，才像个淑女"，所以你忍了很多次去理发店的冲动，直到亲眼看着自己的头发从齐耳到齐肩，再到齐腰。你看着别人眯着眼满意地说："嗯，这才像个女孩子嘛"，你一言不发，无悲无喜，你融入一众长发飘飘的女生中间，泯然众人矣。

当然你也可以不理会别人对你"长头发才像个女孩子"的期待。你把头发留到脖子以上，连同整个身体，你都会感到前所未有的轻松，像卸下了千斤重担。因为短发比长发更需要花时间打理，所以你每天都很早起来洗头发、吹头发，你像小时候打扮精致的洋娃娃一样打扮自己，你走在一群人中间，虽然不是别人期待的女孩子的模样，却赚够了回头率，出挑到一眼就能被看见。

有些男生不喜欢打篮球、踢足球，就喜欢安安静静地看书，但是别人说"男孩子嘛，成天看书都要没男子汉气概了"，所以你放下了书，转身到篮球场、足球场跟十几个人推来倒去，就为了抢一个球。你不喜欢这种体力耗尽的感觉，也不喜欢身上"男子汗"的臭味，甚至有时候会因为抢一个球而受伤。你走不进球的世界里，打球技术永远是垫底的，你也听不到嘲笑，因为大家都忙着为拔尖者鼓掌。

所以，不妨试试主动隔绝别人的话语，主动忽视别人眼中的期待。

球场上呼声震天也好，唏嘘紧张也好，全都与你无关。不动声色地占据一个角落，完完全全属于你的阅读世界，再也不用跟别人去争夺引人注目，也不用强行挤入不合群的世界。

"哪怕对不起千万人，也不能对不起自己。"这句话，始终被我奉为警语。我知道，一旦我照着别人的期待在尘世里穿梭，我就开始了对不起自己的行程。退一万步来讲，也许你会说，别人对你有所期待，也是为了你好。可是，我没有依照我自己的心而活，我又如何会活得好？我活得不好，那些所谓"为了我好"的人，又怎么会欣慰呢？

活在别人的期待里，为别人的期待而活。于你、于别人而言，都注定是一个两败俱伤的结果。

梦想也好，爱情也好，这两者大概是世间最不能听之任之的东西。

你走着别人期待的道路，延续着别人的梦想，你说这是他们想要的，他们会很高兴。可是你有没有问过自己：我想要的东西，怎么办？

你选择了别人期待的对象，选择了别人期待你过的生活，你说自己不忍心看他们失望。可是你把自己低到尘埃里，也一生依附在他们的期待里。

怕只怕，你一生是咸鱼，只能日晒和风吹。
怕只怕，有一天，你连自己的姓名都会忘记。

你一定要知道，你活在这世上，是为了你自己而活，是为了你心中的理想生活而努力。你想做什么样的人，除了你自己，没有任何人可以替你做决定。

不活在别人的期待里，你再也不用为了博他人一个肯定的眼神而忐忑不安，再也不用做决定时瞻前顾后，再也不用按照别人为你贴上的标签亦步亦趋。

你做你自己就好了。

不要在未来为没做过的事后悔

现在是晚上十一点，小县城很安静，它不像成都，喧闹没有止境。大侠给我打来电话，让我近乎失眠。

她说：请帮我一起记住今天。这是我人生中第一次相信"预言成真"这个词语，也是我第一次勇敢为自己的人生做决定，为了不在未来为今天没有做这件事而后悔。

大侠在证券营业部上班，是一名客户经理，每天都在营业部大厅"拉客"开账户，或者听大爷大妈们聊聊他们那如股市一样跌宕起伏的人生。

三个月前，那天大盘跳水，大侠跟着一帮股民在大厅里骂娘，脸上的悲愤就跟被抢劫了似的。然后，忽然肩膀后面伸过来一只手，使劲拍着她，她以为是哪个相熟的人让她冷静点，她头也没回地伸手推开肩膀上那只手，嘴里还说着"冷静个毛线，老子的嫁妆钱都在里头呢！"

但是大侠不仅没有成功推开那只手，反而感到了从手心传来的一股温暖，而且很干燥，跟她手上此时的汗渍形成了强烈的对比。她觉得有点奇怪，慢慢转过头来，然后她就看到了初恋的脸。

愣了一秒钟之后，她回过神来，有点尴尬又不客气地在初恋的手上把黏腻的汗渍蹭干，然后一本正经地拉了拉衬衫的领子，理了理一步裙的褶皱。

她抬头说：好久不见。

她仔细打量着对面的这个人。他比七年前长高了，头发也理短了，不过，比他以前杀马特的发型显得精神又好看。他这次没有穿运动服，而是一身休闲西装。她忽然想起来，以前他说过男孩子都喜欢穿运动服，觉得舒服、自由。现在，他不喜欢穿运动服了，也不是男孩子了，他是男人。

他说：我回来了。

咖啡馆里，大侠给自己点了一杯摩卡，一块芝士蛋糕。她把菜单转了一个方向递给初恋，说：你自己点。初恋点了一杯冰红茶，大杯，并加了很多冰。大侠看着他把杯子上的盖子掀开放在一旁，先是猛喝了一大口，再用塑料勺子挑出一块冰放在嘴里嚼着，"嘎嘣嘎嘣"的响。她几乎不可见地笑了一下，她忽然想起高一刚认识他的那一年。

大侠从来不是老师眼里那种标准的好学生，她逃课、不交作业、顶撞老师，什么调皮捣蛋的事情都干过。那是大侠第一次逃晚自习。大概是晚上七点半，值班的老师回办公室了，教室里只剩下一帮心不在焉的猴学生，大侠一个人默默地收拾书包从后门溜了出去。大门是出不去的，只能跑到操场后面去翻墙。她找了几块砖头垫脚，三两下就爬上去了，但是坐在墙头上，她却发怵地不敢往下跳。毕竟这好歹也有两米呢。

就在大侠孤立无援的时候，校外墙角下传来一阵嚼冰块的声音，四周很安静，大侠却听得心里直发毛。"不会见鬼了吧！"大侠想。过了一会儿，围墙下有个男孩子的声音传来："你有胆逃自习，怎么没胆跳啊？"大侠一听这是人啊，心里顿时就有底了。等他走近了，光打在他脸上，大侠默默看了他一会儿，才发现自己并不认识他。既然不是鬼，那就没什么可怕的了，大侠脾气也不怎么好，一听这话气性就上来了。

"跳就跳，谁怕谁，有种你在那等着别跑。"
"我才不跑呢，你下来，我接着你。"

大侠真的一闭眼睛就跳下去了，而睁开眼的时候，他们之间已经隔了七年光阴。

七年是个什么概念呢？对大侠来说，七年前，她有了人生第一场初恋；七年间，她曾经在分手后花了一整年的时间去找初恋的踪迹，在寻找无果之后，她再也没有提过那个人的名字，只有宿舍床头整齐摆着的三个笔记本提醒她那里面写着的是谁；七年后，在她几乎要忘记他的时候，他又回来了。

是不是很像电视剧的桥段呢？但是又有谁的人生不是一场戏呢。

你没办法预知下一个转角会有怎样的情节走向。其实有点浪漫的，一个男人为了她放弃了国外的大好前程，以这样不经意的方式专程来与她重逢。

她说：我曾经像个傻子一样从成都的最东边走到最西边，可是我怎么都找不到你。我以为你会躲我一辈子呢！

他说：你愿意听听我的解释吗？

在跟大侠分手一个礼拜之后，他就被家人告知即将要去迪拜上大学。国外的学校、住宿，家人全都已经给他安排好了。因为他哥哥在那边上班，想让他去国外见识更大的世界。男孩子嘛，总是会想要征服世界的。

而他当时的反应就是没有反应。反正不用自己做选择，不用自己赚钱，不用自己安排，他只要照做就是了。而且，他当时心里极度想要逃离这里。被大侠甩，让他身为男性的面子碎了一地。

年轻气盛的时候，很难轻易去仔细思考事情发生的原因，更不用说原谅和释怀。

他没有跟大侠说自己即将远赴大洋彼岸，甚至没有通知任何一个相熟的同学。在他的心里，他是心甘情愿去国外的，但他也是带着满心的委屈以及被恋人抛弃的心酸远走他乡的。而他那时候也以为，此后一生，他都没办法再心平气和地与她相见。终究，意难平。

初到国外，那种异乡人的艰辛和孤苦，有时候会压抑得他喘不过气来。很多个时刻，看着身边陌生的人流，他都无比想念成都城里的大侠。然而，无论有多想念，甚至他在迪拜街头大哭自己怎么就丢了一直以来自以为是的"男性的面子"，他也始终没有联系过大侠。

其实在这几年间，他挣扎、后悔过无数次。

他后悔没有在听到分手的时候去争取、去挽留，而是任性地、头也不回地走掉。

他后悔没有告知大侠他的去向，他说他是被抛弃才走的，可是他转身就杳无踪迹，留下来的大侠又何尝不是被抛弃的那一个。

他后悔没有早一点回来找大侠，白白错过了那么多年的时光。

何意百炼钢，化为绕指柔。大侠曾经的满心柔情，都在她提出分手的瞬间变成了风雨不蚀的钢铁，直插入他心脏。他忘不了的是他爱过的人给他的伤痕。

这世上有些人宁愿身怀一万次过错，也不想有一次错过；也有人为了过去的一次过错，而饱尝一万次的错过。

话说到这里，最后他对大侠说："我因为曾经自以为是的骄傲，也因为我的懦弱而后悔过，直到现在我也在后悔当中。所以我放弃了一切，再次回到你身边，我只是不想让自己在未来再后悔一次。我今天做了这件事，我回来找你了，哪怕你拒绝了我，我也不会后悔，因为我努力过、争取过。如果我今天没有回来找你，那我才会真的后悔一辈子。"

咖啡喝到最后一口，许多年的岁月化成了他不到一个小时的一番言辞。大侠眼眶发红，却始终没流一滴眼泪，她站起身来，说："你等了我七年，那你再等我一天吧。"

　　晚上十点，大侠在他小区门口等他。他匆忙赶来，大侠从包里拿出三本厚厚的日记本，递到他面前。她一字一句地说："这七年，不是只有你一个人后悔过，我也是。所以现在，我愿意跟你重新相爱。"

　　"跟你说了分手的第二天，我就后悔了。但是我一直在等你来哄我，可你就是不来。我跑到你班级里找你，可是你们班级的门都锁了。我就没见过哪个毕业班跑得像你们这么快的。我真的到处找你都找不到，我问了你所有的同学，没有人知道你去了哪里。

　　"我不甘心，我不能光后悔而不去行动。我没有去大学报到，我在成都特意复读了一年，复读的休息时间很少，连节假日都不放假，真的特别累。但是只要一到休息日，我就会去成都的各个大学闲逛。理由很简单，我只是想我能不能有那么一点点运气能够再碰到你？很可笑吧。

　　"我最后没有选择留在四川，你知道为什么吗？因为我对你不再执着了。我后悔过，所以我努力去重新寻找你。我做了一切我能做的，为的，就是不想在未来再遇见你的时候后悔。

　　"我今天看见你的时候，我发现你还是能轻易地影响我的情绪。我当初满世界地找你，连我自己都鄙视自己的卑微，但我到今天都没有后悔过自己当时的选择。你看，今天我又遇见你了，我心里一点儿都没有为曾经后悔，我很坦然。而我也依然愿意跟你再爱一次，这是因为我对你还有情意。我现在做的事情、做的决定，也是为了不在未来后悔。

"如你所说，也许我们现在相爱不一定就是一生一世，但是那有什么关系？拥有过，总好过未来空虚地后悔。"

我忽然想起来大四临近毕业的时候，我跟大侠在学校北门喝酒。她说好遗憾啊，大学四年没有带走一个知心爱人呢！她说好羡慕啊，那些有缘千里来相会的小情侣！她说好孤单啊，为什么她总是不被深爱！

我当时的回答是什么？对，是莫文蔚。我告诉她，莫文蔚辗转九年，最后还是跟初恋结了婚，所以啊，一定要相信这个世界上的爱情和温柔。它可能不会一下子就给你，有时候也可能会很贱很矫情地拿看不到头的时间和别人的狗粮来打击和消磨你的耐心，但到最后，它一定会给你送来幸福。

所以啊，真的是"预言成真"。

我们常常用"飞蛾扑火"来为一个人惋惜，但是又有谁问过飞蛾以生命为代价去获取的一丝亮光，它可曾后悔过？它应该是不后悔的。至少它见过光和亮，它在有限的生命里去做了自己想要做的事情，这是飞蛾不可抗拒的宿命。哪怕生命最终灰飞烟灭，未来轮回路上，它也不会后悔。

所以啊，如果你有爱的人，就一定要用力去爱。做一切你可以做的努力，不怕没有结果，但求不要在未来后悔。

所以啊，如果你有梦想，就一定要用力去实现。该流的汗水不要舍不得，该付出的辛苦不要害怕，你应该怕的是你在未来为没做过的事后悔。

你的现在是你过去的未来，你的未来由你的现在决定。

但愿你的现在不曾有过去的后悔，但愿你的未来所有想要的都圆满。

女孩，你的名字绝对不是弱者

某单位为了少缴保险，将怀孕女子安排到离家几十公里处上班，女子无奈，只好辞职；

男子劈腿，把怀孕女友赶出家门，女友只好挺着大肚子睡马路，过路的人唏嘘不已。

这两则新闻，曾经占据微博热搜榜首，热度几天都居高不下。回复的人大多数都是站在女性的角度，认为女性是弱势群体，应该关爱，应该特殊，还有不少人在下面随声附和。很多人都愤愤不平，为什么每次受伤害的都是女性？

对于这个疑问，我倒想反问一句：女孩，你真的打心眼里把自己当成弱者吗？

前几天，和闺密聊天。闺密已经身怀六甲，自然就把话题转到了孩子身上。闺密说她也不知道即将出生的宝宝的性别，不是不能知道，是实在不敢看啊！

为什么呢？

矛盾啊，如果是女孩，重男轻女的婆婆又要念叨不完了。但如果是男孩，有句话说得好，男孩是"建设银行"，女孩是"招商银行"，生个男孩现在养不起啊！

重男轻女？建设银行？这种百年之前的思想，到现在居然还有？

不仅有，还不少呢！

听听我朋友的故事。朋友和男友两个人刚认识的时候，爱得那叫一个轰轰烈烈。在外界看来，女孩肤白貌美，男孩才华横溢，两人简直男才女貌，珠联璧合！所有人都认为他俩这辈子一定能手拉手走进婚姻殿堂。

但是，两个人爱情长跑了八年，居然说散就散了。

朋友跟我说，原因很简单，本来都已经谈婚论嫁了，可在谈到房子、彩礼的时候，突然谈崩了。

男孩的家庭情况，可以说是一般吧，没有太多钱，但生活也算充裕。男方的父母很满意我朋友的各方面条件，觉得两个人的事情可以就这么定了。

结婚，得有房子吧，朋友提出让男方在他俩所在的省会城市买房，在当前人们的思想观念中，男方买房也算是理所当然的了。朋友不愿意受委屈，房子也一定要宽敞，想在市中心买个一百平方米以上的房子。

男孩当即傻眼了，虽然他们那儿不算是一线城市，但市中心的房价也有两万元一平方米了，一百多平方米的房子要二百多万，对于男孩的家庭条件来说，确实也是笔不小的费用了。

刚开始两人定的是全款买房，然后女方负责装修。但现在男方全款的钱，只够付一环内房子的首付。

朋友一听，当时就炸了。结婚还得还贷款，那生活压力得多大啊，不行不行。退一步讲，如果真贷款买房，彩礼肯定不能少给吧！

彩礼？家里真的是没钱了啊。男方犯了难，总不能借钱结婚，这媳妇娶得也太"贵"了啊。

朋友一听，炸庙了。我爸妈把我养这么大，我嫁给你了，房子你都贷款买，居然彩礼也没有，这让我爸妈怎么办啊。这婚还能结吗！

不结了，分手！

八年的感情，一言不合就形同陌路了。

虽然是我朋友，但我还是忍不住想说，为什么结婚就一定要男方买房？为什么生活的压力一定更要让男人来承担？只因为你是一个女孩，压力就一定要男孩承担？为什么你打心眼里就把自己当成弱者？

在别人谈论重男轻女的时候，你会拍案而起，说：女孩怎么了，女孩什么都不差，女孩也能像个男人一样坚强。重男轻女，这都什么腐朽观念！

当结婚要彩礼的时候，你就会说了：我也不想要彩礼，但是这是我们大中国的传统习俗，怎么能破坏掉呢？你不给我彩礼，我家人也觉得没面子啊。

那可不可以这么理解，既然传统不能打破，重男轻女还是几十年前的传统，我们是不是也不能打破呢？

其实，现在国家的观念越来越趋近男女平等。新《婚姻法》司法解释的出台，可以说是在保障男女双方的权利，但就婚前财产归个人的层面上来讲，正是把男女双方放在同一个角度上来保护，这对女性来说，难道不是扬眉吐气的好事吗？

国家的观念都这么男女平等了，你还坚持你那些所谓的传统习俗吗？

换个角度来说，婚前财产归单方，如果我这个朋友，是让男方付首付，婚后双方共同偿还贷款，未来婚姻一旦发生问题，房子还算夫妻共有财产。男方如果全款购房，朋友只负责装修，那么房子就是男方的婚前财产，朋友的装修钱也就打了水漂。抱着传统思想，就能作为一切的挡箭牌吗？

女孩，你从来不是弱者，可怕的是这个世界错误的观念，让你一生下来就以为自己是个弱者。

从你刚上学开始，父母对你的教导总是"保护好自己"，而对家里的哥哥就变成了"别欺负别人"，可能这时候就在你的思想中埋下了一粒种子——我是女孩，我理应受到照顾。

其实这也不怪女孩，从出生就被人灌输弱者的思想，要女孩怎么办呢？

大学刚刚毕业，本来已经做好了要勇闯天下的准备，发誓要在大城市站稳脚跟，大显身手。可家里面的七大姑、八大姨开始不淡定了，说：这孩子小时候还挺乖的啊，为什么出去念个大学心就野了啊，肯定是外面的朋友给带坏了，一个小姑娘，稳稳当当的多好，在外面抛头露面的，多不像话。

于是，听多了，你的父母自然也被洗脑了。加上现在家家都是独生子女，对女儿也满是思念，也开始说些劝女儿回家的话来：

"你说，你才毕业不久，学习成绩再好，大学的名气再响，缺少实际经验，即使在北上广一线城市，月薪也难过五千，如果找个一般的省会，说不定工资三千都不到。还得付房租、水电煤气费，大城市的开销还大，工作还总加班，你什么时候遭过这种罪啊。

"你现在回家，住在家里，不仅能剩下一笔房租，天天还有老妈给你做饭，饭菜水电费你也不用管。而且小城市，你爸爸还是有些门路的，给你安排个事业单位，或者你考个公务员，天天早八晚五的，国家养活，你什么都不用愁，多好。"

女孩，那个时候你刚到一个陌生的城市，还没来得及建立起自己的朋友圈，社会上遇到的一切不顺都让你觉得委屈。这时候你觉得妈妈的话好温暖，想让你回家？好，那就回家吧，还是家里好。

所以，你回到了家乡的小县城，那里没有雾霾，同样，也没有你最爱的话剧，你喜欢听的音乐剧。美团中只有一家电影院可以订票，全城只有一个出租车加入了滴滴。还有，家乡根本没有什么外卖软件，刚回家的时候你会有点不适应，但也渐渐地习惯了。

下了班，你可以遛遛狗，刷刷朋友圈，而还在大城市打拼的朋友们却诉说着她们正在加班的痛苦，你觉得心满意足。渐渐地你也被那群家乡人说服了，女孩都是娇贵的，不用太拼，守在家里多好。

到了二十五岁，亲戚们又着急了，这在她们那个年纪，可能娃都生了一堆了。看着单身的你，他们开始忙着给你找对象了。反正家里的县城也不大，年轻人大部分都离开了，身边的单身男性都看了个遍，这些肯留在家里的单身男青年，一般都是学历高的，大部分也都在企业，在亲戚们眼中条件还不错。

看来看去，还是没有你满意的。于是他们就又来洗脑了：爱情相处时间长了都是亲情，感情都是可以慢慢培养的，再嫁不出去就是剩女了，错过最佳生育年龄了……反正你除了工作也没什么事儿干，早日嫁出去也是好的。

不出意外的，在风和日丽的某一天，你嫁人了。

不过是从东边儿嫁到西边儿，也没有什么特别的感觉。只不过你要嫁的人，你也不是很了解。听亲戚说人品不错，你就嫁了。毕竟，你自己也没什么大本事，他能养家就好了，还提什么要求。

三十岁，你有了自己的孩子，那个时候你发现，孩子怎么那么难带，婆媳关系怎么那么复杂，伸手管丈夫要工资是那么的难堪，但是又有什么办法呢？那些七大姑、八大姨又来以过来人的身份告诉你人生哲理了，她们都是这么过来的，熬成婆婆就好了。忍着吧。

你的生活日复一日地过着，你发现生活如此平淡无奇。操不完的心，绊不完的嘴。慢慢地，你也变成了别人口中不修边幅的黄脸婆。可怕的是，你也开始用自己单一的人生经验，教导着你的下一辈：

女孩，就应该稳稳当当，我们是弱者，你看，社会都关爱着我们呢！

难道你真的喜欢你现在的生活？

这种思想，到底还想毒害多少代人？

凭什么搬东西就一定要求男孩子帮忙？一次不行，拆分成两次搬不可以吗？或者在你接受男孩的帮助之后，为什么不以同等方式回报对方？为什么你觉得男孩干力气活，就应该是理所当然？

凭什么男女一块儿出去吃饭，就一定是男孩买单？女孩，你不需要别人供养。没有什么传统观念，没有什么大男子主义，既然这顿饭我享用了美食和服务，理应付出金钱，无可厚非。

凭什么结婚就一定要男方买房？年轻的时候努力拼搏，以后才有说话的底气。在这个城市，你有了属于自己的安家之所，任何人、任何事都撼动不了你在这个城市生活的权利。如果是两个人生活，既然都居住了，为什么只要一方出钱？

不是较真，不是逞强。在这个社会上，女生永远不是弱者，甚至有时候可以更坚强。最怕一开始的时候，女孩自己给自己贴上了"弱者"的标签。

或许你会说，女孩子终归有一天会怀孕，社会上歧视孕妇的事情比比皆是，你怎么能说女性不是弱者呢？

有人因为怀孕被用人单位辞退，也有人趁着年轻的时候，尽最大努力开创自己的事业。她们根本没有机会让老板辞退，相反，老板会因为这个有能力的员工产期后会不会选择离开而辗转难眠。他们巴不得为优秀女员工提供最好的福利待遇，以求留住人才，怎么可能辞退她们呢？

被辞退的女员工，除了公司不守法以外，她的可替代性是不是也太强了呢？

有人因为怀孕被男朋友甩了，也有人是另一半眼中的女神。爱情从来不是她们生活的全部，她们有自己的工作、自己的爱好、自己的房子、自己的积蓄，依附男人生活是她们所不屑的行为。这么优秀的女人，即使她们的男人很不幸地劈腿了，她们也一定不会沦落到睡大街的地步吧？

女孩，你也可以有事业，你也可以有梦想，你也可以成为强者。

实现梦想，这条路很苦。可能沿途的荆棘把你刺得血肉模糊，可能你再也坚持不下去选择退缩。既然敢尝试，那就是好样的，如果最初仅因为你是女孩，为了那些可笑的世俗观念，你就断定了自己是个弱者，都不敢朝梦想多看一眼，这样荒唐的想法，岂不可笑？

无论做任何事情，什么时间都不晚。如果你从骨子里觉得，女孩儿就应该稳定，那么，六十岁的时候稳定也不晚，干吗在你还能够选择奋斗的时候，还能接近梦想的时候，用一个蹩脚的借口，就提前过上了养老般的生活？

女孩，不管身边的人怎么说，你一定要坚信，你的名字从来都不是弱者。你的坚持，定会让你强大。不管你最后能否成为强者，至少你为你的梦想努力过、奋斗过，从此也就无怨无悔。相信这么正能量的人，上帝也定会待你不薄。

你应该害怕的不是未来，而是未来的自己

有一天夜里，我突然失眠。在漆黑的房间里，平躺在床上，却丝毫没有困意。这时候一个念头冒出来：

几十年以后，如果身边的亲人都相继离开，世界上只剩一个孤零零的我。甚至说，某一天太阳升起以后，我也不会在这个世界再出现，会停止呼吸，没有一点儿我在这个世界曾经存在过的印记。那一天早晚会来临，我该怎么面对？

或者是未来的我是否有独自撑起家庭的能力？如果那时的我一事无成，不能给子女想要的生活，我的生活会不会一团糟？我会不会只能像个家庭妇女一样，把孩子当作生命，当成生活的全部，而自己没有经济收入，只能伸手要钱？如果那一天来临，我该怎么办？

面对未来，我心头居然涌上了一丝恐惧。

这种对未来的恐惧，虽然是一时失眠的产物，但也足够让人思考了。为什么我会有这种恐惧？是因为对未来不确定性的担心。

其实，每个人都会有这种担心。有很多比我年轻的人，总是喜欢问

我一些问题，让我以过来人的身份帮帮他们。他们问的问题五花八门，但是总结起来，问未来的事情是最多的。

在我上大学的时候，面对还没有来到学校的新生们，他们总会问我：

学姐，你觉得这个学校怎样，你能告诉我这个学校的优势和弊端吗？

学姐，现在网上都说现在的大学生都是逃课、玩游戏，一下子荒废了四年。四年多重要啊，我要如何做才能让这四年变得有意义呢？

学姐，我是学环境工程的，报了这个志愿之后，我才发现这个专业就业率简直太差了，我的未来要怎么办啊！

在我工作了之后，他们问我的问题就变化了。

我现在谈了一个男朋友，但是在工作中我又遇见了一个更好的，我应该怎么选择，我的未来才会更幸福呢？

我现在要不要跳槽啊？我觉得现在的工作又琐碎，又没有意义，简直都不能忍了。我现在都不知道我的兴趣是什么了，但是我还没找好下份工作，我现在辞职，未来会有更好的发展吗？

现在正是我事业发展最好的时候，前不久刚提为经理。但是前天我男朋友跟我求婚了，我现在结婚会不会影响我未来事业的发展？我现在应该结婚吗？

这些问题，总结起来就是一句话：

"告诉我吧，我应该怎样面对未来？"

对未来迷茫是对的，太在乎未来，而现在不知道该怎么选择也是对的。毕竟未来离得太遥远，你不知道未来长什么样子，看不见，也摸不着。你就像掉进了一个漆黑的深渊，不知道接下来将要发生什么，你的第一感觉是什么。

是的，害怕。

就像我在开头文章提到的，在不知道未来将会发生什么的时候，谁都会感觉到害怕。这时候，你选择随手抓一个救命稻草，就是抓一个比你年龄大的人，听听过来人的想法，企图用他们的未来，减弱你害怕的感觉。这些人可能给你讲了他们的人生。

但那有什么用呢？他们的人生终究是他们的，他们的现在，也不应该是你的未来。每个人的人生都是无法复制的，别人的人生终究是别人的，你害怕的未来，还是会来。

从刚刚记事开始，我们对未来已经开始恐惧了。只不过那时候，恐惧只是一种本能反应。第一次出现这种感觉或许是在上幼儿园的时候，我们就曾害怕过未来，只是那时候我们的记忆非常弱，已经逐渐遗忘。听大人们说，小时候的我，不喜欢见生人，非常排斥去幼儿园。一听说要去幼儿园，就哭着吵闹，大人们用了好多方法都不奏效。

直到有一天，妈妈狠下心来，把我扔到幼儿园，头也不回就离开。任凭我扯着嗓子哭闹，她还是一天都没有出现。可能最后我也是哭累了，就只好接受了必须要在幼儿园待上一天的事实。所以我就勇敢地不哭了，擦干眼泪，看看这个新奇的世界。和我平时的生活不同，虽然没有了妈妈在旁边陪伴，但是这样的生活却也有趣。

慢慢地，我发现幼儿园的生活和家里不一样。虽然不能想吃就吃，想睡就睡，但是有更多的好朋友跟我一起玩了。在家里，爸爸妈妈工作忙，总是没有时间陪我，一天下来，还是在幼儿园玩得开心。那时，虽然没有"我要坚强"的意识，却也在现实的逼迫下，做了勇敢的事情。从那以后，我再也不排斥上幼儿园了。

最初听到要上幼儿园的我，对未来的幼儿园生活是恐惧的，但是直到适应幼儿园生活了，才发现，其实未来没有想象的那么恐怖。这才明白，当时我怕的并不是未来的生活，而是不能适应生活，我害怕的，还是自己。

对未来最害怕的，其实是每一次升学。对未来的恐惧最强烈，毕竟现在既有的安定生活，必须要经历重新洗牌，然后踏上崭新的征程。新的环境是怎么样的，老师是怎么样的，同学是什么样的，还能有和我这么谈得来的闺密吗？我还能保持这样的学习成绩吗？到了新学校之后才发现，没过几天就全都适应了，也有了新朋友，投入了新生活，之前对未来的恐惧完全是多余的。

我有一个好朋友叫梦梦，她给我讲过她临近高考的故事。在接近高考的时候，也是最紧张的阶段，一模考试开始了。一向成绩很好的她那次模拟考试的成绩却没有那么理想。问了她之后，她说总觉得最近一段时间学习之外的担忧实在是太多了。

比如说她高考之前，从来都没有离开过自己的家乡，外面的世界是什么样的呢？她从来都没有住过校，离开爸爸妈妈会不会想家？听说大学就是一个小社会，复杂的人际关系，自己会不会处理好？

还有，听说大学里学习成绩好就会有奖学金，但是大学汇聚了各地的精英，如果自己没有得到奖学金，是不是会让家里人感觉很没面子？

现在看来，梦梦当时的担忧实在是太多了。但对未来的恐惧，是每个人与生俱来的感觉。当你对未来只有一个大体方向，却不知道未来具体要发生什么的时候，这种恐惧自然而然就来了。

其实，你应该害怕的不是未来，而是未来的自己。对于未来的恐惧，源于你不知道未来来临的时候，你会变成什么样子，你的生活将会变成什么样子。最好的结果，就是把害怕变成努力的动力，优秀的你才会不再惧怕未来。

这个道理，梦梦很快就想通了，既然对未来害怕，那么不如现在什么都不想，拼命地努力。事实上，她高考考得还不错，也上了一所不错的大学。上了大学之后，她仍然是老师眼中努力学习的好孩子，奖学金得了四年，每学年都是校园十佳学生。她开朗的性格，让她很快融入大学宿舍当中，交到了情同姐妹的七个室友。而且，她不仅参加了学生会，还自己创建了一个社团，在学校非常有知名度。

如果梦梦在高考的时候就知道她的大学生活如此风光，那么未来还有什么可怕的呢？换句话说，如果未来的你对生活是完全能 Hold 住的，那么，你还用害怕未来吗？

现在的年轻人，一到毕业就迷茫，怎么能不迷茫呢？从小到大你就被灌输：好好学习，将来考个好大学，找个好工作，赚大钱……你带着家人的热切期望，马上就要踏上工作岗位，家里还有一堆等着看热闹的父老乡亲。你不知道未来的生活将会是什么样的，离开校园，压力自然接踵而至。

没有什么人是独立存在的，既然人要生活，那么就一定会融入社会。所谓的未来，就是你在社会中的明天。努力做好今天，利用今天去积累、去提高，那么未来就没什么可怕的了。

你总是害怕哪一步会走错，你在纠结，是要在大城市的大企业工作，还是回老家安安稳稳地做一名小公务员？选择大城市的你，害怕未来，害怕这个城市终究会属于年轻人，而你所描绘的精彩前途，很可能是未来年轻人的。而且这个城市房价那么贵，你很难想象自己怎么能在这个城市娶妻生子，站稳脚跟。如果未来有一天，你被生活所迫，必须回到老家，你不知道自己所要面临的是怎样的光景。

选择回老家考公务员的你，还是害怕。害怕在这个小城市中，就这样日复一日地过下去。这个城市小得，出租车仅用起步价就能跑遍全城。你怕你只能现在关注时尚、走在潮流的最前沿，而未来的你，却再也提不起兴致关注只能在网上看见的当季爆款。你年纪轻轻就靠国家养活，你怕到老的时候，万一出现什么差错，国家不能再养你了，而你却没有掌握其他的技能，从此沦为社会的最底层。

但是你所害怕的那些，只是想象的罢了，你要是足够强大，这些未来根本不会害怕。所以你要做的，就是现在做出一个选择，尽自己最大的努力提高自己。你不能左右未来，但是你能左右未来的自己。不管你做出了什么决定，当真正开始工作的时候，才发现最初的恐惧都是浮云。不管顺利还是不顺利，时间照样会过去，生活会一直推着你往前走。

既然你能想象到未来的各种可能，害怕未来你最糟糕的样子，那么你现在应该想的，不是为了未来继续恐惧，而是想好自己应该怎么努力，才能做未来最好的自己。

你害怕未来自己不能融入一个新的集体当中，那么，你就要在进入那个集体的第一天，就大方地进行自我介绍，让更多的人去了解你；主动地去结交朋友，而不是等朋友来找你。那样也就不必害怕未来的你，因为那个集体中未来一定有你。

你害怕未来的自己找不到一个好工作，那么现在你就要知道，自己最感兴趣的是什么，你想把什么技能作为你未来的工作。从现在开始，你就应该专心地学习和该技能有关的理论知识，多与这个工作岗位接触，在社会上多寻找实习机会。那样也就不必害怕未来的你，因为那份工作未来一定属于你。

你害怕未来找不到一个好老公，那么现在就努力提高自己。你喜欢温文儒雅的另一半，那你就培养自己温柔的性格；你喜欢知识渊博的另一半，那么你就去读很多的书；你喜欢事业有成的另一半，那么你就学着如何做一个贤内助。那样你就不必害怕未来的你，因为幸福生活一定会在未来等待着你。

你害怕未来自己没有亲情陪伴，那么现在就好好珍惜和家人在一起的每一秒，像他们爱你一样地爱他们、关心他们、孝顺他们，你的孩子也会耳濡目染，成为像你一样的人。生命短暂，但亲情却会永远传承。那样你就不必害怕未来的你，因为亲情的温暖一定会在未来陪伴着你。

你害怕未来自己终究会老去，那就珍惜现在所有的时间，不顾别人的眼光，做自己想做的事。喜欢美食就去吃；喜欢旅游就去逛。你的人生阅历就是你的亲身经历，谁也夺不走，到老了，可以躺在摇椅上静静回忆。那样你就不必害怕未来的你，因为你有足够的精彩在未来去回忆。

所以，如果你害怕未来，害怕未来的自己，那么现在就努力奋斗吧，做最好的自己。

你足够优秀，未来才会足够精彩。

实现一个个小目标，才能看到大未来

突然有人告诉你，前方五百米有他给你的一千块钱，你是唯一知道消息的人，只要不被别人捡走，那一千块钱就是你的了。你会立刻跑起来吗？

突然有人告诉你，在一万公里远的伦敦，有他给你五百万，你是唯一知道消息的人，只要你到了那儿就可以取走。你会立刻到那个地方吗？

大部分人听到第一个消息，肯定会玩命地跑，一千块钱呢，而且只有五百米，别人捡走了怎么办？

而听到第二个消息的人，几乎没有人会去吧。暂且不说所在地距离伦敦有多远，出国还要办理一堆手续，就算到了伦敦，真的会有五百万吗？人生地不熟，语言也不通，被人坑蒙拐骗了怎么办？

一大堆理由会告诉你：放弃那五百万吧，那是个无法达到的目标。

有心人换算一下就知道了，五百米对于一千块和一万公里对五百万，是一样的道理，同样都是每五百米得到一千块，只不过后者在数额上扩大二十倍罢了。

在现实生活中，当给你一个短期目标，你马上就能得到回报的时候，只要你愿意做，很快就能达到你想要的目的。但是如果是看起来一个很遥远的目标，你往往不知从何下手，或者是被那个目标的数字吓到了，自然而然就选择了放弃。

那个大目标，我们可以称之为"梦想"。

当你说出你的梦想，给其他人的感觉就像在说天方夜谭。比如有一天，你说你要成为马云，其他人肯定嘲笑你不知道天高地厚。但是你要是说你创办的公司，半年后要达到多少营业额，只要不离谱，还是有大多数人会给你鼓励的。

但马云也是真实存在的人，那就说明，财富比肩马云的这个梦想是有可能实现的。人们对你梦想的不认可，只是因为你的梦想太大了，大到与当前的普遍环境差得太多了，刚说出来就把别人吓到了，当然也容易把自己吓到，还谈何实现呢。

实现梦想，应该给自己设立一个小目标。

跑过长跑的人都知道，如果一味地想着还有多少圈到终点，是会令人绝望的。他们在跑步的时候，总会为自己设定一些小目标，他们往往都是半圈半圈跑的。每个两百米都轻松跑过，距离终点也就越来越近了。

说到设立小目标，我不能忘的，是那次野外拓展训练，如果不是有教练在旁边，我们这群人是无论如何都到达不了终点的。

　　你以为既然是公司举行的拓展，那就一定是百分之百安全的？刚开始我也是这么想的，但事实证明我想错了。

　　那年的拓展，我们选择了还没有开发的山林。一路上，搭帐篷，野菜，淌小溪，真正体验了一把原始人的生活。最后还有一项，自愿挑战，具有一定的危险性，就是白天养精蓄锐，但是在深夜要爬过一座山，而且要用一整夜。

　　不就爬山嘛，哪有那么难。但这时候教官严肃了起来，说："这座山，是这片区域中最险峻的山，有一段山路，几乎是90°的，也就是说完全垂直，需要手脚并用向上爬。而且是黑夜，山上会有各种各样的意外情况发生，有猛兽也是有可能的。你们还参加吗？"

　　很多人犹豫了，但还有很多胆大的，站起来签了被我们戏称为"生死状"的免责书。既然已经来到了这里，如果不挑战一下极限，总觉得枉度此行。

　　于是我们浩浩荡荡的一行人，向奔赴战场一样，雄赳赳气昂昂地向着传说中的"险境"走去。

　　这时候，天已经黑得伸手不见五指，教官在中间拿着灯照明，由于刚上山，还是比较平缓的，我们原本提着的心也就逐渐放了下来。我们几名女士还抢着背男生们的登山包，感觉这点儿山路自己完全 Hold 住。紧张的感觉慢慢消失，团队中的成员纷纷唱起歌来。

上山的时候，教官建议我们把手机放在营中，山上的信号不好，也使用不了，带在身上特别容易丢失，并给我们一人发放了一台对讲机。看不清时间，也不知道走了多久，渐渐地，大家也都没了刚上山时候的热情，也开始疲累了起来。

晚上露水重，山路也特别泥泞。我们女生上山的时候怕着凉，衣服又没少穿，走着走着脚步就觉得沉重起来。这时候的山路，已经有了一定的陡度，向上走起来格外吃力。不过是十多度的气温，竟然也满头大汗起来。

加上山林中静悄悄的，只有树叶婆娑的声音和微弱的灯光，所以显得异常诡异。我们生怕跳出来蛇，或者其他什么东西。终于，到了教练说的最陡峭的地方，平时注重淑女形象的女同志，这时候也什么都不顾了，手拿树枝，紧紧地用手抠着土地，胆小的甚至死死抓着男同事的衣服。

听得到喘着粗气的声音、抽噎的声音，还有带着哭腔的呐喊：

"教官，还有多远？"

"不远了，再坚持一下，马上就过去了！"

当时我的身体明显已经透支，大脑一片空白，我努力让自己平稳地呼吸。双腿像灌了铅一样，但是仍然一步都不敢停，我平时也参加过登山运动，知道这时候如果停下来，那就再也站不起来了，最后就只好一厘米、一厘米地跟着他们往前挪。

当时的我，心中没有山顶、没有远方、没有风景，只有一个信念：跟着前面的人，千万不要掉队，掉队就惨了。至于能不能登顶，听天由命了。

终于，脚结结实实地踏在了平地上，前方一阵欢呼。怎么，我们已经到达山顶了吗？

"恭喜大家，"教练说，"你们爬过了这个山上最险的地方，我们休息一下，继续向山顶前进！"

"什么？这还不是山顶？不行了，我坚持不下去了，我要回去！"一位女同事直接坐在了地上，"我两腿发软，实在走不下去了，前面实在太危险，我们……要不回去吧？"

队伍停了下来，瞬间变得安静了。过了一会儿，有几个人应和：

"我一个大男人都感觉这个地方太吓人了，万一我们走不到终点怎么办？现在周围那么黑，而且我们的体力都已经跟不上了，只要走散一个人，那肯定是要出问题的啊！"

"对啊！"

"对……"

要征服这座山的豪言壮志还言犹在耳，但与自身的安全比起来，人们还是不敢去冒险。

"教官，这座山我们已经爬完多少了？最安全的方式，是我们应该翻过这座山，还是原路返回？"

"现在我们在半山腰上，刚刚经历的，是最难爬的一段，往后的路都会比这段路轻松。从这里也可以返回，返回要走原路，就是再爬一遍刚才走过的路。我们现在人数比较多，可以兵分两路，想要继续挑战的，跟我走；想要回去的，跟张教官回去。"

团队里瞬间炸开了锅，回去还是不回去呢？回去吧，一来下山也挺难的，二来也被人当成了逃兵；但是不回去呢，再往山上走的路一切都是未知数，不知道未来会发生什么，实在是想想就觉得恐怖。

最后，队伍被分成了两队，一队选择原路下山，一队选择继续前行。

我也挣扎了很久，但是我看不到前行的路，来时的路也渐渐模糊，既然两条路都是要走，干吗不朝着最初的方向前进呢？

于是稍作休息后，我跟着上山的部队继续前行了。

走下来才发现，千万不要相信教官说的话。因为每段路都是最难走的路，不管什么时候问他，还要走多远，他都说快了，再问下去，就说还有五分钟。

那天晚上的艰辛，实在不能用文字形容。只是觉得，经过那种磨难后，以后什么事情都变轻松了。就这样，在教官的"五分钟、马上到了、前方都是平坦的路"的鼓励下，天空竟然泛起了鱼肚白。天亮了，我们到山顶了。

在都市生活的时间长了，习惯了乌烟瘴气、满城雾霾，此刻清晨的山顶，满满的负氧离子，深吸一口气，感觉氧气瞬间充盈整个肺部。

站在山顶上，俯瞰全城，以前整天念叨着"一览众山小"，现在切身体会到了。团队中的人，都非常的兴奋。我这次人生中的极限挑战，圆满成功了。

在山顶上稍事休息，大家就下山了。山的另一侧是已经开发的景区，直接坐缆车，很快就到达山底了。到山底下再看山顶，所有人都惊呆了：

山的一侧几乎成笔直的"一"字状，高得简直要到云端。天啊，我们真的已经到山顶了吗？

教官说这个项目从来没有在白天进行过，因为如果早就看到了山的样子，那么几乎都不会有人报名。那实在是个太可怕的目标，还没有上去，胆子早就被吓飞了。

而选择晚上，虽然有一些风险，但是教官们早在上山的四周布下重重陷阱，就算有野兽，也不会对人造成什么伤害。而登山的人，并不知道山顶到底有多远、有多陡峭，在教官的鼓励下，看似不可能完成的任务，大多数人也都登顶成功了！

看吧，把梦想设定得太遥远，很可能压根都不会去尝试。梦想可以很大，你的目标却要很小，只要大方向不偏离，一步一步地完成小目标，努力过一段时间才发现，你竟然实现了曾经想都不敢想的梦想。

回想起爬山的这段路，和我们的现实生活其实连接得非常近。在生活中，我们将遇到很多的山，其中最险峻的山，就是你最大的梦想。

还在年少的时候，我们的梦想总是天真无邪：想当明星，想当歌手，想当科学家，想当宇航员……大人们听到这些梦想，大多数也就当作童言无忌了。这些看似距离我们生活非常遥远的职业，确实没有几个人可以从事，小孩子的话，听听也就罢了。

但是这些职业，在日常生活中却是的确存在的，是只要努力就有可能成功的。如果家长有心的话，把孩子想做明星的梦想，规划成一个个小的人生目标。比如说，幼儿园时期对模仿的培训，少年时期对于器乐、声乐、形体的简单教育，青年时期对于表演能力的培养，为孩子设立一个个小目标，一个个实现了，说不定孩子一路就朝着北影的方向去了。

这样，看似遥远的梦想也就不远了。

当然，实现梦想的道路都是坎坷的。可能在一段时间中，你觉得自己已经坚持不下去了，就像我们走在半山腰时候的转折点。你要在心里暗示：最困难的时候自己已经度过了，前方的路只会越来越好走。一旦放弃，半途而废。这时候，你可以把目标设定得越来越小，前方的路太漫长，脚下的路却是有数的。只要大方向不变，盯着脚下，终会完成你自己的目标。

梦想坚持了一半，放弃与坚持同样痛苦，为什么不选择坚持往前走呢？那天回山的时候，我们比放弃登山的那批人，竟然还早回来了一个小时。究其原因，那段上山的路非常难走，下山就更不用说了。几乎垂直的山路往上爬还好，下山的时候完全能够看见山路惊险。那批人好几次都爬不下去了，加上体力透支，走走停停，竟走到了天亮。

有的时候，你觉得前进不下去了想后退，但是你不知道，后退的路并不比前进更轻松。

正在为梦想拼搏的你，你的梦想可以很大，也应该很大。要知道，既然是梦想，就要高达一个看似达不到的高度，只有挑战自己，才能获得精彩的人生。你可以把实现梦想划分成成千上万的小目标，可以很轻松完成的小目标。经过时间的积累，你会发现你也完成了看似遥远的梦想。一切皆有可能。

第二章

努力：努力到无能
为力，拼搏到感动自己

纵使疾风起，人生不言弃

1

两年后，我再次见到东子，是在宁波火车站。他从北京到厦门出差，中途特地留了一天时间到宁波，说是特地来找我的。老外滩的酒吧街上，我找了个清吧坐着等他，年轻的驻唱抱着一把吉他，唱着《岁月轻狂》："水一般的少年，风一般的歌，梦一般的遐想，从前的你和我。手一挥就再见，嘴一翘就笑，脚一动就踏前……"门口的风铃响了一下，我反射性地回头看去，正是东子。白衬衫、西装裤，黑皮鞋擦得锃亮，我其实没有立马认出他来，在心里反复把记忆里的那个人的样子跟他重叠之后，方才确认是他。

我离开北方已经两年了，而我跟东子相识，算起来也有四年了。我跟他的学校相隔两条街，他是"211"重点大学的高才生，所读的专业在全国院校排名第一。我是在大三那年认识他的，彼时，他是大四的准毕业生，也是我在实习单位的小老师。

我第一天到单位实习的时候，东子正好请假回学校去参加毕业典礼，单位负责人随便找了个工位让我坐下，正好是东子的位子。我事先并不知道这个工位有了主人，就理所当然地把这儿当成是我的领地，我从包里掏出纸巾、笔记、书，一一摆放在桌子上，俨然一副主人的架势。第二天上午，我睡了个懒觉就起晚了，急急忙忙赶到单位，所有人都在，晨会已经快结束了，我推开门，显得十分尴尬。我迅速找到"我的位子"，却看到有个人正端正地坐在那里，我刚要开口说话，主管进来便说："昨天是我忘了，这个位子是东子的，他不能挪地方，那你就挪一下吧。"我亦是年少气盛，便硬着脖子说："是你把我安排在这儿的，我东西都放这儿了，凭什么又让我走？"主管当下便扔给我两个白眼，我仍旧不肯退让半步。忽然，座位上悠悠飘出一句话："怎么的，不懂先来后到吗？还想鸠占鹊巢不成？大学生连个'尊重'都没学会吗？"一句话说得我涨红了脸，站也不是，坐也不是。东子从位子上站起来，我抬头注视着他，身高一般，长相一般，虽带着一副细边框眼镜，却自有一股书卷气。

此时，坐在我对面的东子，依旧各项硬件条件一般，长相没改，身高未变，眼镜片下的眼神多了几分世故，也多了一股气场，我想那是因为他自信了。以前的东子也自信，但却是没有底气的自信，因为得不到太多人的认可。所以啊，一个人的自信和底气，有时候是靠别人的支持撑起来的。

我知道他不喝酒，到这酒吧街来，也不过是把这儿当一个景点带他来闲逛。我要了两杯柠檬水，递给他一杯，却听他说："我大老远地特地跑过来看你，你也不知道请大爷我搓顿好的，就给我喝水啊。"

我笑说："那大爷你想吃啥大餐啊？天上飞的，还是地上跑的？"

"不不不，我要海里游的。"

"铁板鱿鱼，十块钱三串！"我跟他异口同声地说，随即便放声大笑，就像回到了当年一样。

2

"工位风波"之后，我对东子的印象差到了极点。但好巧不巧，主管偏又把我安排到他的组里，在他工位旁边加了个位子，当作是我的临时工位。我坐在位子上，扭过头去看着东子的侧脸，说了句："真是冤家路窄！"他倒好，笑意盈盈地给我回了个："难道不是人生何处不相逢吗？"

每日股市收盘之后，东子都会让我去统计其他学员当日的下单数量，以及盈亏情况，但鉴于我跟他的第一次见面非常不愉快，那个时候的我也还并未真正进入职场，只是想着：我只不过是来拿个实习分数而已，凭什么要听你差使！所以，每次他分配给我的任务我从来没有一次做好过。他也不恼，我不做的工作他就会自己去完成。

老李是跟东子是同一期进入培训室的学员，整个办公室的人算起来也只有老李跟他最熟。有一次下班的时候，我搭老李的顺风车回学校，他跟我说："其实东子是办公室里最好相处的一个人，他虽然穷，但是很聪明，做事很有目的，也很坚持。只是你跟他见面的第一天，正好是他跟女朋友分手的时候，所以他那天情绪不是很好，说话就难免不中听了些。"

我当时就不肯了，说："凭什么他失恋了就找别人撒气啊！他一个大学生怎么都不知道'尊重'我啊！"老李笑笑说："你还是太年轻啊，跟他相处久了，你就会对他改观的。"我虽然还是不怎么高兴，但至少也开始觉得他好像并没有那么讨厌了。其实他该教的东西一样没有落下，并没有因为我不待见他就给我小鞋穿。

一个星期以后，办公室要搬地方，学员人数多了，现在的办公室电脑太少，主管在大楼里找了个办公室，说初步估计大概有三百平方米，已经是非常大了。我跟东子、老李一起去看过新办公室，我和老李两人都觉得满意极了，既宽敞又明亮。但东子却说不着急，再等等。我看他说这话的样子，就想起了有一次大盘拉升，其他人都纷纷下单进场，但他却连入场的迹象都没有，我在旁边着急地催他："快下单啊，现在时机多好啊。"他还是那副很自信、淡定的样子，也是说："不着急，再等等。"就像现在这样。到了下午大盘急速跳水，其他人想撤都撤不出来，只有东子依然是那副淡定的样子。

东子去楼下物业处找了一卷皮尺，还有一些我不认识的测量工具，他从房间的各个角落量起，在白纸上记下一串串数字，然后坐在桌子前，开始低头演算公式。我跟老李不知道他葫芦里卖的什么药，就上前去询问，他说他在计算整个房子的面积。大概半个小时后，他抬头说这里没有三百平方米，最多也就两百平方米多一点。我看着他，实在太震惊了，问他一个整天学炒股的人怎么会懂工程。他淡淡地说："我本来读的就是工程专业，只是后来发现金融很有趣，所以一直自学。"

我想我对东子的印象大概就是从那个时候开始改观的。我在他身上看到了我不曾拥有，也极少见过的东西——"赤子之心"。他当初填高考志愿的时候，并不知道工程是个什么鬼，只知道这个是学校最好的专业，但后来他找到了自己喜欢的东西，并且坚持了下去。有梦想的人是幸福的，他们清楚地知道自己要到哪里去，并且愿意为了那个远方的梦想，万死不辞。

3

我在单位实习是没有任何工资的，让我惊讶的是所有人都是没有工资的，当然也包括我的小老师东子。但是我家境还算富裕，尤其是没有房租和生存的压力，而且每个月家里都有不少的生活费会定时打到我的卡里。

到了发生活费的这一天，我破天荒地提出来请东子去吃一顿。虽然有点想要和解的意思吧，但更多的是因为我发现我对他之前的印象真的是完全错误，想要重新交这个朋友。下班之后，我问东子有没有想好怎么宰我一顿，我以为起码要去撮一顿海底捞，或者是葫芦鸡、烤全羊之类的，但他却说想吃街边十块钱三串的铁板鱿鱼。他说这话的时候表情有点不自然，显得不好意思，他接着说："我很久没有吃过肉了，我租的房间附近有家卖铁板鱿鱼的，那个香啊，我每次经过都可馋了，但是我没钱，吃不起。"

四年过去了，我依然记得自己当时的心情，有自责，有悔恨，有难堪，有震惊，有心疼。我从来没有想过，他会连十块钱三串的铁板鱿鱼都吃不起。

他看我愣住了，就显得更加尴尬，一时无言。我回过神来，看着面前站着的这个人，虽一无所有，却傲骨铮铮，倘若换作是我，我是绝计受不了这样的贫穷与孤苦的。"何止三串，今天三十串都随你吃，让你吃到吐为止。"我大笑着对东子说，也正好化解了他的尴尬。

我们俩捧着三十串鱿鱼，蹲在鱿鱼店门口的垃圾桶旁，里面插满了鱿鱼签子，像极了一个硕大的刺猬。经过的每个人都会回头看我们一眼，我对东子说："他们肯定觉得咱俩疯了，这形象说出去也太丢人了。"东子却说："怕啥形象，反正也没人认识你。"

他一贯便是这样，不在乎别人的眼光，只做自己选择了的事情。我想那一顿晚饭，不仅改变了我们两个人之间的敌对关系，也改变了我的人生态度。

东子大一的时候，成绩是全校第一，校内活动也获过不少奖项，还是最高奖学金的获得者。用他自己的话说，在不确定自己想要什么的时候，就认真做好当下的事情。大二的圣诞节，大学里举办了一场社团的联谊活动，东子在活动上遇见了一位金融系的学长，当时学长随身正好带着一本《货币战争》，东子坐在学长旁边百无聊赖，这场活动他本就是被社长拉来充数的，他便向学长借了这本书在现场看了起来，这一看，他就觉得自己发现了另一个世界的大门，身上的洪荒之力像是要被解封了，他说："我觉得金融真的是太让我着迷了。"

他开始不上本专业的课，整天跑去金融系或者是隔壁大学的金融系蹭课，自己买了三十几本关于金融的书，越看越觉得这个东西太奇妙了。他的室友起初都不以为然，觉得他也不过就是一时兴起而已，到了大四选择工作的时候，几乎所有的同学都被工程公司或者设计院签下了，一毕业工资就有六千多一个月，但他却自己找到了培训室，当起了零工资的交易学员。

他其实早在毕业前半年就已经来到了培训室，但那个时候他还是学生，还接受着家里的生活费，更没有亲身体验过赚钱的艰难，所以啊，梦比天高。毕业后三个月是东子最狼狈的一段时期，他把家里之前给的三千块钱，拿了两千四出来交了三个月的房租，全身上下只剩六百块钱。

他告诉我，八百块一个月的房租，当时真的是咬了咬牙，但是想到接下来要打的是一场持久战，最后还是租下了，交钱的时候简直把牙都给咬碎了，因为只有这个房子是可以做饭的。他算了一笔账，平均一日三餐在外面吃最少也要花三十五块钱，每个月算下来光饭钱就要一千多，但是自己做饭，早上喝粥，中午、晚上炒个小菜，一共也花不到十块钱，就算加上水、电、煤气费，在一千多的饭钱面前那都是九牛一毛。

我蹲在垃圾桶旁边，辣得都要喷火了，口齿不清地对他说："果然是学金融的好苗子啊，账算得老清了。"

东子压根就不搭理我，一副八百年没吃过肉的样子，恨不得把签子上的鱿鱼汁都舔干净。

他是真的很久没有吃过肉了。对当时的东子来说，一块猪肉就可以算得上是奢侈品，他每天就只有一个菜——土豆丝，偶尔心情好，他会给自己加一个煎蛋。菜场就在住的地方楼下，他天天就买两个土豆，老板都认识他了，每次路过都会打趣他："土豆，下班了啊。"有时候，土豆蔫了或是不新鲜了，老板就会免费送给他。他脸皮也越混越厚，拿了土豆还会顺便问老板讨要一块姜。

六百块钱再怎么省也真的是撑不过很久。我还记得东子说，就在身上只剩下十块钱的时候，他终于知道了什么叫作绝望。可是他是东子啊，堂堂男子汉，能屈能伸，有什么苦是吃不得的？他就在单位附近的比萨店找了个兼职的活，白天在单位培训，晚上在比萨店当服务生，端盘子、洗碗，一个小时六块钱。

我想象不出来他一个重点大学的高才生，为了六块钱，给客人端茶、倒水、赔笑脸的样子，我也不敢想。

我这个人总体来说是比较记仇的，跟他熟了之后，就翻起了以前的旧账。"我记得你之前第一次跟我见面的时候，说话那个不客气啊，老李说你是失恋了，为啥啊？人家嫌弃你啊？"

问到这个问题的时候，东子沉默了很久。可能对一个男人来说，生活的苦酒他可以笑着饮完，也完全不会因自身贫穷而卑躬屈膝，或者刻意隐藏。但他曾为一个姑娘从百炼钢化为绕指柔，而那个人却在他心里挖了一个洞，他手足无措地不知道该怎么填满。

他跟那姑娘谈了三年恋爱，那不仅是姑娘最好的三年，也是东子最毫无保留的三年。对于姑娘，他完全可以说是问心无愧，就算是她背着他找了个更有前途的博士生，脚踏两只船，东子也没有怨过她。大多数人在面对感情纷争的时候，总是会习惯性地为女生的青春感叹，但感情向来都是双面的，男人的付出也是真真切切，不该被忽视的。

姑娘的离去，无异于雪上加霜。他恳求过、挽留过，甚至不介意姑娘的背叛，但是还是没有挡住她远离的脚步。东子曾说他唯一动摇过放弃的念头，就是姑娘提分手的瞬间。"那时候就想着，去他的，媳妇都要放弃我了，我还有什么不能放弃的啊。但其实就算我放弃了也并没有什么用，归根结底，她还是嫌我穷。我没有房子、车子、票子，也不能让她在朋友面前撑起面子。"

到了最后，东子再也没有挽回过她，而是真正地放弃了她，但其实东子从来也没有真正地拥有过她。"贫穷"成了东子的一个标签，被他爱过的人亲手打上的标签。

深入骨髓的痛苦和孤单，他没有告诉过任何一个人，但也没有任何人从东子的脸上看出端倪，他太善于隐藏。他说是郭德纲的相声带他走出了困境。

我一口鱿鱼差点儿喷出来，想不到郭德纲还能治抑郁啊。

他把自己的日子过得十分忙碌，白天培训，晚上打工，忙完之后躺床上一度失眠，睡不着觉，偶尔也会想前任想得发狂，为了转移注意力就会半夜爬起来看郭德纲说相声，边听边笑，直到笑到满脸都是眼泪。那时，看郭德纲表演，成了他生活的一部分，他再也不会想起前任了，后来他的梦想变成了去德云社现场看郭德纲的表演。

4

"东子，你会想念你以前那种孤独、贫穷的生活吗？会想知道她过得好不好吗？"

"我有病啊，没事还忆苦思甜起来了。很少怀念的，却也没有忘记，也不介意别人提起，因为那都是真实存在的，我也确实很感谢那段生活。至于她，就当是做了一场三年长的梦，既然梦醒了，就没必要去记得梦见了什么。"

这就是东子啊，永远这么坦荡，永远这么真实。

从伸手不见五指的黑夜里，熬啊熬，差一步就放弃了，却最终迎来了光明。而多少人，却差了那一步。

我忽然对他说："东子，你好像还欠我一顿麻辣烫啊。"

我两年前离开北方的时候，没有跟实习单位的任何人道别，但是我却跟东子说了这个消息。东子沉默了下，说："那我请你吃个饭吧，就当践行，毕竟你当初的'赠鱿鱼'之恩，我还没报呢。"我笑说："那我可要狠狠宰你一顿啊。"最后，我和东子约在了我们学校附近的麻辣烫店里，城市的物价总是贵的，但是学校附近相对便宜些。坐在麻辣烫店里，东子说："你这也太给我省钱了吧，吃一顿饭的钱我还是有的。"

我学着当初他说想吃鱿鱼时的语气说："我就想吃麻辣烫，好久没吃了，我每天路过，那个香啊，可馋了。"说完，我们俩都笑了起来。他知道我只是不想驳了他请我吃饭的情分，却又不想让他太破费。

一顿麻辣烫十三块钱，我喝得连汤都捞干净了。东子擦擦嘴指着我说："你看你这饿死鬼的德行，吃饱了就赶紧上路吧，以后也不知道有没有机会再见了。"去你的，你才上路！

后来，我的确上路了，北方从我生活里退出，成了我回忆的一部分。后来，东子也上路了，熬住了那一步，走到了光亮前。

东子是一年前到的北京，在正规单位谋了个职位。工资不算很高，却终于留在了这个行业里，也见识了更大的场面，如今已渐渐能够独当一面。

晚上八点，麻辣烫没吃，鱿鱼也没吃，东子便要走了。我送他进了候车室，我站在门口，看着他背脊挺得那样直，脚步那样坚定，我忽然想起自己很喜欢的一句话：这世间纵有风雪，亦有人万死不辞。

我们要成为让别人欣赏的人，首先要知道自己欣赏的是什么样的人。"人生"二字，寥寥数笔，多么简单，但投放到现实与厚重的时间里，却每一次下笔都犹如千斤重。而能负重前行，即使被生活打压得喘不过气，却依然昂首挺胸、九死无悔的人，便是值得我欣赏的人。人生本就是一场逆风之旅，总会有滔天巨浪打得你措手不及，但只要你扛得住、扛得过去，待狂风过去，云高风清，你会感谢这一场重生。

所有的努力，只为遇见更好的自己

不抛弃不放弃，只是因为热爱

距离大学毕业已经许多年了。某次参加婚礼，故乡的那座省会城市，又恰逢春节时候，所以参加的人比较齐全。

刚入场，便一眼见到同学 L，我记得她。虽然当年交集不多，但彼此欣赏，我喜欢她这种有坚持、有性格的女孩子。

今天一眼看到她，大概还是她的变化太大，和十年前的那位姑娘相比，这低调的明艳，让人惊喜。像遥望一幅佳作一样，就近选了个位置坐下，看着她，心生喜悦。

女生们窃窃私语，说 L 在我们所学领域已经业内小有名气。手上的手表好像百达翡丽，是正品吗？

L 事业有成，名利双收，真是令人羡慕。

我默默地将一块小糕点塞入口中，唉，放假前连续加班，近日肚饥神疲。作为 L 的同行，听女生们私语，心中默想，旁人只见得收入年薪计，何曾见得凌晨交上提案，恨不得每天睡八张床都补不回来的睡眠和饮食不均的肠胃疾病。

餐后闲聊的时候，L 坐在了我旁边。我们拥抱，寒暄。毕竟是当年的同桌啊，彼此相视一笑。

"你成了名人，同学们都在热议你。"我说。

"她们没有看到我这十年的变迁，也不知道我为此做了多少努力，每周读多少书，报过多少个学习班，才终于和当初自己心里的样子靠得越来越近。"

L喜欢文字，热爱艺术和旅行，期待能在三十岁时去过三十个国家，期待自己有一天能当个作家。爸爸希望她读商科，妈妈希望她当位老师。而她觉得，这些角色好像都不错。

现在，她为一家广告公司做文案创意，同时在高校又有自己的课堂——教毕业生创意课程。

文字，从商，教书，她都一一实现了。

我们开始聊起了刚毕业时的实习生活。

那是七月，一年中最热的时候。六点下班，夏日城市傍晚时刻的天光云影也是瓦蓝瓦蓝的生机。

天气总持续地酷热、陌生。顶着酷热回去，出租房里只有老旧的电扇，但蒸腾的热气似乎可以往房间里灌。躺在温热的凉席上，只有安静或少说话，才能觉得热得好过一点。临睡前倒了一杯开水在床头，夜里出很多汗，渴醒，开水还是温热的。

"你知道，我感触最大的一个女导演是谁吗？马俪文。

"那时候看一个青年导演的走向的纪录片，说的就是她，《桃花运》《世界上最疼我的那个人去了》《我们俩》都是她的作品。是不是优秀又小众？

"那期栏目讲的是青年导演在电影商业化的操作中的不成熟和滞后，以及电影怎么赢利的事。

"成为一个叫好又叫座的导演之前，她也曾为生活妥协过。

"马俪文中戏毕业后，进入一家广告公司，主要工作是给猪饲料广告写策划；后来做过场记、做过副导演，担任副导演时曾因'不能胜任'被撵出了剧组。"

L 神色激动。

"那时的我，看到一个中戏毕业的学生都进了广告公司，主要工作是给猪饲料写广告，似乎感知到渺远的一束光。

"有切合的快感，更多的是，执着、热爱，并为此追寻。"谁不曾有过故事？

"我第一个月工资六百块，第二个月工资八百块。第三个月，我用四百块钱买了一台早已停产的至今不知牌子的日本产二手笔记本。为了写文档，记录下城市底层洪流下的涌动，告诉自己可以留下只言片语，以后也可以看看。

"那时候，生活很充实、很忙碌。每天都是崭新的，每天也都是未知的。拿着自己的工资，我买二手电脑、报培训班，不怕劣质和辛苦，唯怕这生活止步于此。

"只住了四个月，就与合租的室友经历了一次搬家。城市的蚁民，也是候鸟，真的恨不得进化成水陆两栖，外加一对翅膀，那样就可以处处生存。"

《空城计》里孔明唱着："我本是那卧龙岗上散淡的人……"毕业前，

我也是个只爱看闲书的散淡人。

毕业的那座城市，对我们来说，曾经是一座空城。没有认知，没有记忆。

实习期的那一年，它挤挤挨挨。过去住着未来新人，现在住着曾经的年轻人。

毕业的前两年，为了债务和生活，我也曾从事过违心的工作，它催了眼底的皱纹和心底的惆怅。心中对文字游戏的热爱痴迷，对职业生活的遥望，让念头如夏季里墙角的青苔，一茬又一茬。现在终于放开，因为热爱，而去追寻。

如果没有对工作的执着，对生活的热爱，对理想生活的追逐，那么，我大概已经淹没在故乡的熙攘洪流之中。

谁家少年不贫贱？

刚来到那个国际一线都市的时候，忽然一个大的生活场景铺开，的确是吃了一些苦的，应接不暇。好在心里踏实。因为热爱和目标的坚定，心里甘愿又平和。年轻时候都吃过一些苦，节约的、隐忍的、心甘情愿的，只因心里有对学业和职业的热爱。

L用一个很底层的职位角色，进入理想中的业内知名企业。

L说，没有浑然天成，只是靠着对工作的热爱，一步步去学习、去适应、去融入。

在同事们已经熟知各国际大牌的风格、调性的时候，22岁的L正在

奋力地写一份关于杀虫剂的广告，那时，她的世界里只有农业频道。（CCTV 后面的数字只看 7）

她羡慕过别人不用学习，就对当季潮流新款如数家珍；她羡慕别人好像一百年前已经做好产品了解一样，对国际品牌的宣传痛点一语道出。

她说新环境里，同事大多是海归，世界名校毕业。英语流利，法语磁性，优雅开放，见识广泛。

一开始，在酒会上遇到喜欢的小餐点，她不敢多吃第二块，怕露出太过享用的神色；杯底的酒她总是浅浅地抿一小口，时刻告诉自己要保持得体。

她羡慕同事们那样自然地谈笑风生，那些不需要自己鼓励、打气，好像只要是平常发挥就已经颠倒众生的浑然天成。

工作上的创意也不全是靠灵感的一时迸发，更多的是勤奋的积累。L 为自己定阅读计划、电影营养、年度旅游规划、心理学、灵修课程、音乐激发、情绪管理等。

她还自创一种手账管理，逐天、逐周地核对自己的完成度。

时隔一段时间后，L 才明白，那是气度。有生活环境，更多的还是自我修养，自己把自己塑造成的样子。

即使穿着"无印良品"也无所谓，关键是对职业的自信，是事物尽在预测范围内的把握。

L 的同事们，熟悉后大家聊天，也曾在留学时在中餐馆洗过盘子；为了省电，也曾把可乐鸡翅和热米饭在电饭锅里一次煮熟。

有位曾留学法国的前辈，为了省房租，工作和住宿分别在地铁线的首尾。那位前辈说，曾经的她，二十五六岁，就练就了下班一上地铁就睡着的本领。而且华人男友还要求她保持睡姿端正、低调——不能给我们中国人丢脸啊！

这项本领更神奇的是，一到终点站，立刻醒来，且精神抖擞。

实习期满后，那位勤奋的姑娘拿到了工作 offer，可以留下工作签证的那种。那时，姑娘也觉得天高地广，热爱和梦想基本达成。八年后她回来了，她觉得最执着的热爱，心里更强大的呼唤，最终还在国内。

"无论你是出国闯天下，还是离开故乡留在国内的一线城市，其实我们所经历的生活都是类似的。"那位同事说。

"我们都因为热爱而去追寻，随着心的指引去做事，最终找到正确的方向。"

热爱是唯一的法则。

L 接了一个电话。用手机随手回了一份邮件。她说：告诉你我遇到的一位很欣赏的女性吧。

那是我在某个工作聚会时认识的一位朋友，刚过而立之年不久。

怎样形容？她就像亦舒笔下的女性，穿素色衣衫，平底鞋，脸面素净或只有一抹唇色。简简单单，已美得动人。

作为君子之交的陌生人，我当时就被她惊到。

心想，这样不出世的女性，肯定需要很优秀的人匹配吧。

某日，她告诉我，她刚初恋了。

好甜蜜。

呵，我大惊。问她，你以前十几年都干吗去了？

答曰：在学习啊。你知道我最快乐的是哪些时间段吗？

其一是本科后实习的那一年。读大学的时候，我的成绩是全校优异。我知道自己快要出国了，因此我为语言考试准备了好长时间，做了很多努力。终于在意料中的要去理想的学校，学习喜欢的专业，那时好开心。因为喜欢，所有的付出都给出了答案。

其二，是我在英国的时候，当时自己一个人去面料市场选样衣的料子，好大一匹布，好沉，自己扛回学校。现在想来，那时的力气真是大得惊人。白天跑遍市场找一块用料，同时又想家，夜里和妈妈一边视频，一边晚上熬夜到凌晨把作业赶出来。那时真的好投入，也好满足。小小的身板，丝毫不觉得累。

有的中国学生要用中国元素强调作品，老教授却不以为然。

虽然压力好大，还是努力坚守自己的风格，追随心的方向。

好在后来，毕业设计作品获得赞誉。真心好满足，觉得自己一个人跑市场，自己一个人无数次深夜不眠，还有吃的学生公寓里电饭锅做的简易餐饭，一切都得到了回报。

一个人，即使飞了那么远、那么累，因为热爱而独自硬撑，终于找到了方向。

她一定是很热爱，热爱到顾不及私人感情，热爱到克服语言环境和心情，也要向着梦想而去。当所有的困境因热爱而退后，瘦弱的小身体似乎充满了大能量。

我能想象那种努力的快乐。无论是异国的孤独，还是文化差异下的作品，今天在这座城市的高端商场里到处都能看到她的作品。我不看牌子也能认得出那是她设计的。

"逛街的时候，琳琅的商场中一眼就可以看出哪件衣服是'你的'风格"。L打电话告诉这位不出世的女子。

"看到了你的风格。"L说，"我觉得这是对一位很努力的设计师非常匹配的评价与称赞。"

现在的L，写创意，写旅行，写生活，已经出版了好几本颇有影响力的书。在三十岁快要到来的时候，也实现了环游三十个国家的约定，——那个与自己的心灵做出的约定。

小城的闷热逐渐远去，青涩时期的困窘也已告别，越来越自如，也越来越美好。

热爱所热爱的，有梦想，就努力守护它。

热爱是唯一的法则，追寻心所在的方向。不管它是十年前、二十年前，还是三十年前的念头。

追寻心所在的方向，实现曾经的热爱，那个美好女性越像自己想要成为的样子，回望一生，将是我们做过最好的事。

努力生活，是我做过最幸福的事

1

娟子是典型的北方姑娘，明眸皓齿，身材高挑，却唯独"喝酒"这一项，与我见过的豪气干云的北方姑娘不太一样，她几乎是三杯倒。我跟她是同一批进公司的新人，短暂的一个月的实习期内并没有什么太大的交集，平时在公司碰见了也只是互相点点头。而那次新人聚餐，则让我和她从此成为挚友。

新人聚餐被安排在实习期结束之后一个星期五的晚上，按照职场惯例，新员工总是要挨个先向领导敬酒，表示尊敬，之后才是新员工之间相互碰杯，以示"请多多关照"。我轮着领导桌敬了一圈酒下来，越喝越神清气爽。很多人都说南方人酒量浅，其实并不是，南方人喝酒会晕，但是不会醉。

少时自然是未喝过红、白、啤三种酒，但却日日能够尝到黄酒。因黄酒是家里酿造的，每年一到粮食收成时节，我们当地家家户户都会酿黄酒，红、白、啤则是需要花钱买的。初尝黄酒时，我还坐在父亲的膝头。一到饭点，父亲就会从酒缸里舀上一碗黄酒，就着下菜，偶尔他会拿筷子蘸点酒放到我嘴里。

再长大一些，我就自己学着父亲的样子，吃饭时，也倒一小碗黄酒，尤其是到了冬日，将酒壶放在火炉上温着，喝一口驱寒暖心，而这酒量便如此日积月累下来了。

娟子酒量虽不似北方人，但喝酒的架势却是十足的北方气。不管敬哪个领导，都是"我干了，您随意"，仰头一口闷，酒喝得又急又凶，如此下来，敬完一桌领导，脑袋早就晕得不行了。

偏偏一帮新人喝酒喝嗨了，逮着谁就跟谁喝，在座十有八九都是南方当地人，就娟子一个北方姑娘，这孩子也实诚，所有敬酒，来者不拒。

我看她坐着像是立马就要滑到桌子底下去了，实在看不过去，就对着一帮人笑骂道："哪有新人欺负新人的，还是欺负人北方姑娘实在啊！"然后替娟子挡了剩下的两杯酒。眼瞅着时间也不早了，领导大手一挥："今天到此为止！各回各家，各找各妈。"

周六我接到了娟子的电话，她说为了答谢我替她挡酒的情意要亲自下厨请我吃顿饭，我想着，反正闲着也是闲着，不蹭白不蹭，就欣然答应。

娟子在离公司不远的地方租了一个小单间，类似于单身公寓，但麻雀虽小，五脏俱全，打扫得很干净，也很温馨。公司附近是新区，房租相对高一些，对娟子的收入来说，交完房租其实就没有剩下多少钱了。我问娟子为什么要一个人独门独户地住在房租这么高的地方，她其实可以住在老小区跟人合租，虽然远一些，但是相对便宜一点。

娟子坐在小餐桌上，素白的双手在剥面前篮子里的豆角，很娴熟，没有让餐桌沾染到一点点豆角的残渣。她边剥豆角边回答我的问题，她说："其实算下来也是差不多的支出，虽然这边房租高一些，但是离得近，早起几十分钟，交通费都省了。合租总会有些麻烦，还是一个人住省心，而且我每天都要做饭，合租的话，水电费也不好摊。"

咦，做饭。

听到每天做饭，我眼睛都亮了。像娟子这样刚毕业的大学生，又是离乡背井孤身在外上班，还能有心思每天做饭，实在是少数。

娟子剥好豆角，往厨房走去，我跟着她倚在厨房门口，听她说故事。

娟子的专业是广告学，她想专攻文案策划这一方向，但是无奈西北地区文案策划市场并不成熟，氛围也不浓重，想要有所成绩，怕是很难。所以她毕业之后，毅然决定到策划市场更为成熟的南方来。

父母当然是反对的，但娟子素来对生活有自己的理解。人生一世，白云苍狗，总要为自己所想的生活努力一次才行。

娟子说当时年少，在父母的庇护下，以为人生最幸福的事就是不必奔波，安安稳稳，循着父母搭建好的顺风桥，一生波澜不惊地过着。但长大后，有了梦想，对人生加入了自己的理解，才明白这世上最幸福的事，是努力过自己理想的生活。

她来到南方的时候，只有随身带着的一个箱子，也没有一个认识的人。找中介定好了房子，便开始着手投简历、找工作。刚开始确实很难熬，风雨飘摇，觉得这怎么一点都没有想象中的幸福感。

　　作为一个外乡人，大多数人应该都有过一段的不适应。这种不适应不仅仅来自生活习惯，还有当地人对外乡人的态度。娟子没有工作经验，也没有熟人，但她对工作岗位却一点儿都不想凑合，如此折腾了好几个月，才终于找到这份工作。

　　随着工作大事的落定，娟子的生活也慢慢上了轨道。她想，好像在这小生活里也确实尝出了那么一点点幸福感。

　　这种幸福，跟在父母身边生活是不一样的。

　　以前娟子从来不会打扫房间，回家就是大小姐，远离一切家务活，但现在娟子会每个星期都给小公寓来一次大扫除，物件分类井然有序；以前她是花钱如流水，买东西不看标价，但现在她每个月拿着微薄的薪水，会计算好每一笔开支的去向，该买的东西绝不心疼，不该买的东西能省则省；以前她十指不沾阳春水，连厨房的门在哪儿都不知道，但现在她每天都会去一趟生鲜超市，挑好食材为自己做一顿饭；以前她对人生没有规划，都是父母怎么说自己便怎么做，但现在她把自己的生活像工作一样规划得井井有条，从生涩到深刻。

　　她在经营自己的生活，也许不会功成名就，也许不会永垂不朽，但日子的属性是细水长流的，她添加了心意和努力，于是一粥一饭里，皆是幸福。

我看着她把一把酸菜放在案板上，熟练地一点一点把酸菜切细，刀刃每一次触到案板时发出"咚咚咚"的声响，就好像是生活对她付出的努力的回应，吵闹的切菜声里又有着俗世里的人间烟火气，很动听。她把切好的酸菜盛到盘子里，在锅里把水烧开，放入剥好的豆角，待到豆角上的薄皮发皱，就拿漏勺捞出来。然后另起一锅，放油，下酸菜，放调料，下豆角，翻炒，起锅。顿时香味四溢。

她把炒好的酸菜豆角装在盘子里，打开水龙头洗手。听着那潺潺流出的水声，看着娟子低头认真洗手的样子，我想，努力生活，大概就是这世上最幸福的事了吧。

2

老李是我的高中同桌，身高170厘米，说话软糯，平仄不分。上学时，我常常笑话他普通话不标准，学着他的样子把"发烧"念成"发 Sao"。但他从来没有对我发过火，每次都是一副少年老成的样子，指着我说"你呀，你呀。"捉弄老李，算是我枯燥的高中时代最大的乐趣了，以至于后来当我知道他并不是故作少年老成，而是一个孤儿的身份逼着他不得不成熟时，我再也不敢直视他，为自己年少时没心没肺地对他深感愧疚。

我再次见到老李，是在高中毕业后的第五年。此时，我在成都上班，他要去骑行川藏线，从成都出发。

见面地点约在人民公园，到处都是麻将"砰砰砰"的声音，老李站在我面前，我竟然一下子没有认出来。他的长相几乎没有任何变化，但脸上分明多了几分岁月平静的气质。

老李大学读的是师范院校，小学数学教育专业。大学毕业后，老李没有回到浙南老家，而是留在了浙西一处偏僻的乡镇上教书。那时候，他留在浙西这一消息一度在我们高中群里被讨论，几乎每一个人都为他这一决定而感到惋惜。老家无论是经济条件还是教育条件都远比浙西那个小镇要好得多。

多年不见，我将这些话语当成八卦尽数说给老李听，当然，也是想听听他本人真实的想法。

老李说："你没有去过那里，你不知道那里有多好。我大四在那里当过三个月的实习老师，回到学校之后，我就申报了那所学校的教师资格考核。我之前二十多年的人生，其中有将近十年是独自生活的。没有父母，没有兄弟姐妹。那时候每个人都会拿同情的眼光来看我，好像我不是一个可以正常生活的人，后来时间久了，我一度忘了幸福是什么样子，我也觉得人生好像就只能这样过了，长大、上学、工作、生孩子、老去、死去。我从来没想过，在这些每个人都必须经历的过程里，我也应该拥有独属于我的幸福。

"小镇的确什么条件都比不上老家。可是恰恰就是在这里，我找到了生活的意义。我想我也可以幸福的，只要我够努力去经营。"

他说入职之后，学校给他分配了职工宿舍。宿舍楼下有一大片空地，没有人耕种。他就自己买了种子，有青菜、玉米，还有花。他把地分割成好几小块，规划好要种的东西。怕他一个教书匠不懂耕种，同事和学校隔壁的村民都自发地一起来帮忙。而这时候的帮忙，不像很多年前带着同情色彩的帮忙。在这里，他真正觉得自己是一个独立的人。田地里有了收成之后，他给自己留了几个玉米和一小把青菜，其余的都拿去分给了前来帮忙的人。

老李说他第一次把那些东西交到那些人手上的时候，他差点儿哭了。他曾经接受过太多别人的给予，却鲜少有过给予别人的动作。而从这里开始，他给予别人的会越来越多。

他站在讲台上，除了知识，他还教他的学生去付出、去思考生活本身的意义。

我想我有点理解老李了，他在尽最大的努力过独立的生活，他渴望给予别人果实，而他在每一次的付出里，自己也真切地找到了幸福。

骑行川藏线，不是一件轻松的事情。老李也不是一时兴起，他早已准备良久。他说了一段话，足以让我热泪盈眶。

他说："我人生里有很多遗憾，也缺失了很多幸福，甚至一度失去了活着的意义。而我现在能做的，就是顺着自己的心，把想做的事都去做一遍。我现在好像又重新活了一次，找到了可以让我觉得幸福并且坚持一生的事情，那就是努力生活。"

3

惊天动地、伤筋动骨的生活，其实并不适合大多数人。这世上，终究还是平凡人居多，如娟子，如老李，不过都是这红尘里努力经营生活的小人物而已，渴望通过自己的努力找到幸福的感觉。

不曾想过站在万人中央，感受万丈荣光；也不曾想过做下多少丰功伟绩，留予世人言说。只是想着平凡人间，终有一种生活方式是适合自己的，也终有一种幸福会落到自己身上，而自己能做的，就是尽力、努力而已。

努力生活的意义是什么？

大概是，当遭受到命运的不公平对待时，你会报之一笑，不会轻易被它打倒。因为你多清楚自己生活的方向啊，多坚持自己对生活的理解啊，你会在失意之后，以最快的速度重新捡回努力的动力。

大概是，你变得越来越平和，对人、对万物，都能报以最大的宽容。不再轻易地抱怨，而是学着去压抑心中的焦躁，学着去谅解。

大概是，你会沉下心来去发现每一个细微处带给你的感动。在平凡的小事件里发现幸福，对人生报以敬畏、感恩之心。

希望每一个人都能说出这句话：努力生活，是我做过最幸福的事！

我拼尽全力生活，不是为了给别人看的

有些人总喜欢在朋友圈生活，但晒给"朋友"的，往往不是真正的生活；有些人总喜欢躲在美颜相机后示人，但是美颜相机中的，又怎会是真正的你？费尽心思地让自己变成别人眼中的美好，你真的快乐吗？

1

朋友一脸幸福地跟我说，她恋爱了。

那个男孩追了她八年，身边的朋友都快被男孩感动了，纷纷劝她：你就给他一次机会吧，你说这男孩，咱们相处这么多年了，总是抢着第一个买单，朋友求他什么事儿，简直是两肋插刀啊。不管是找关系，还是借钱，从来都是痛痛快快就答应，这人品没谁了。

何况人家家里的条件也不差，开着几十万的车，家里还开了一个公司，在林区还有一块地。简直完美，这条件，你还犹豫什么呢？！

朋友想想也对，感情是慢慢培养的，既然他有那么好的人品，为什么就不给他一个机会呢？

开始的前三个月，两人到处发狗粮，甜蜜劲儿简直无法阻挡。慢慢地，朋友圈只有男孩继续秀恩爱，朋友渐渐不发两人在一起的照片了。再然后，朋友找到我，说她分手了。

在别人看来，朋友比较漂亮，而男孩又表现得那么深情，整天晒朋友圈。一定是朋友辜负了男孩，至于是三心二意还是出轨，那就自己 YY 了。

朋友跟我讲述了这段恋情，她分手的理由是，男孩子要面子简直要命，大男子主义，她实在受不了了。

他追了你八年，而且对朋友都那么好，难道对你不好？

好？他就是对没追到的我好罢了，不仅是我，他对所有的朋友都特别好。这你们都是看在眼里的，但真跟他走近了，别提好了，情商简直太低了。他觉得我和他妈妈是他最亲近的人了，但是他表现亲密的方式，竟然是跟我们不用伪装了，一切都以朋友的事情至上，我们的事情都不算什么了。

随便举个例子，你知道我特别喜欢吃榴莲，有一天我去买了个大榴莲，刚吃了两口，我问他喜不喜欢吃。他说喜欢，我说那你先吃。

嗯，他开始吃了，我低头玩了会儿手游，等我玩完一局，发现他吃完了。

对，一口都没剩。

全！都！吃！完！了！

还有一次，我半夜两点才下班，天漆黑漆黑的，我住的小区还暗。我之前跟他说要加班了，他也没问我几点下班。我就想让他好好睡觉吧，自己一路狂奔跑上了楼。第二天才知道，人家两点的时候根本就没睡，出去给人接站去了。当然我真是生气得不得了，感觉自己就是个二缺。

还有一点最令我受不了的，不管出去干什么都是我买单，他一分钱没有，我还得给他还车贷！就分手的时候，他还管我妈借了五千块钱，说要请朋友吃饭。

欸？等等，男孩在我印象中很大方啊，而且家里也不缺钱啊！

打住！不缺钱？他就是对朋友大方罢了，那些借给朋友的钱，大多数都是他借的，甚至还有高利贷。家里是有个公司，他爸爸给他留下的。要命的就是他爸爸跟他一样的性格，借给别人钱从来不打欠条，而管别人借钱，打了一堆欠条。前年他爸爸去世了，借出去的钱无从考证了，但是一堆人拿着欠条找到家里来了。现在，他负债三百万。

整个家族都是这样的价值观，真是接受不了，你说就这样，能不分手吗！牺牲亲情和爱情，就为了维护别人眼中的高大形象，这实在太不可理喻了。

这是我一个朋友的故事，他的前男友，简直就是太要面子的人，不知道背地里背负多少，才能活成别人眼中的精彩模样。

但是，不累吗？

2

微信朋友圈可真是不得了的东西，刚开始风靡的时候，以迅雷不及掩耳之势火遍网络，甚至压住了当时势头正火的微博。

与微博相比，朋友圈私人了很多，顾名思义，这个圈子里都是朋友，就可以毫不顾忌地晒生活。生活里所有的事情，好的、坏的、悲伤的、搞笑的、好奇的、惊讶的，都可以发在朋友圈里，和朋友间互相讨论。

小沫的朋友圈，可真是丰富多彩。她的工作性质相对自由，不需要按时上下班打卡，当朋友圈被该死的暴雨刷屏的时候，她的朋友圈里写的是，这样该死的天气，就应该美美地睡一觉，然后配上温暖的被窝和贴心的狗狗。

在中午加班来不及吃饭的时候，翻开朋友圈，总有她晒的各种花式午餐，色香味俱全，顿时让人感觉自己的日子过得太粗糙了。

全世界旅行的照片、海边的沙滩照、花园里的写真……在别人看来，她的生活简直美好得不得了。前不久，她交了一个男朋友，晒礼物又成了主题，小到早安红包、爱心早餐，大到 LV 包包、香奈儿香水，幸福得简直要腻死人。

朋友聚会的时候，小沫当然也成了大家讨论的目标，有人说太羡慕那样的生活了，小沫简直是太幸运了，每天都过得那么幸福，而自己天天加班不说，周末还得带孩子，连出门聚个会都是种奢侈。

你朋友圈有没有小沫这样的人呢？她的生活令你着实羡慕，完全可以用"完美"来形容，她有大把大把的时间可以挥霍，有爱她的爸爸妈妈、爱她的老公，天天好友成群，顿顿美食相伴，开心的时候还去清吧、图书馆、咖啡馆等场所讲究一下情调。

但是，你走进过她们真正的生活吗？

我和小沫从小一起长大，闺密这么多年，几乎是无话不谈的。前不久她找到我，说自己好累。

她在外人面前从来都是高高在上的姿态，现在能说出这样的话，看来真的是出现问题了。至于问题的原因，我心里好像也有一些答案。

果不其然，是因为朋友圈。事情的起因是，她前两天在朋友圈晒了她男朋友送她的最新版 iPad，还配了一些甜蜜的文字。她的好朋友要出差三天，想要借着玩一下，毕竟出差的日子实在太无聊了。

这个原本不是什么难题，就算是不舍得借，跟好朋友说实话，人家也是可以理解的，没有什么问题。

但问题是，她根本没有 iPad……

那朋友圈中的那个呢？

那天去哥哥家做客，哥哥刚好给小侄女买了 iPad，她顺手就照了些照片，发在朋友圈当中了。男朋友已经好久没送她礼物了，她感觉再不晒，面子上就过不去了。

和小沫熟悉的人都知道，小沫就是个拍照达人。生活中无论发生什么事情，必须拍照。不管是自己的，路边所见的，还是别人的，拍出来发到朋友圈中，就都是自己的。甚至朋友圈中，有很多都是她想象出来的生活。

早餐一顿简单的豆腐脑、油条，侧面来个特写，然后调好光线，使用滤镜，拍出来也和五星级酒店一样的感觉。有天和她出去吃饭，菜上来，所有人不能动，必须先手机拍照，然后她好骄傲地告诉我：就这十道菜，能分着发三次朋友圈了。

当时的我，非常不理解，简简单单地吃一顿饭，干吗要这么麻烦。

可能现在这个网络社会，不自觉地就把人逼成这个样子了吧。以前在网络不盛行的时候，炫富的方式，女人往往是买个貂皮，在天气还没寒冷的时候就穿在身上；而男人们则是恨不得买条跟手指头一样粗的大金链子戴在脖子上，生怕别人看不到。

这跟朋友圈中晒生活是一样的吧，你所晒的生活，就是你想让别人看见的你的生活，却不是你真真实实存在的生活。小沫跟我说，她觉得朋友圈中其实是有攀比的，大家都心知肚明。虽然朋友圈可能只是片面的表现，但是当朋友聚会的时候，聊起谁的生活，都是先以朋友圈入手的。我们加一个陌生人，最初了解她的方式也是通过朋友圈。

她不是想故意地欺骗谁，她就想争一口志气，在别人的眼中活得精精彩彩、漂漂亮亮的。虽然她明白这都不是真的，只是虚荣心在作祟，但她就是忍不住想那样做。

她说这次她是真的累了，朋友圈中的一个谎言，就要说很多的谎言去圆，整天提心吊胆，就怕谎言被拆穿，这样的日子她真的是过够了。

她想摘掉面具，戒掉朋友圈，活得真实，活得自在，活得快乐。

3

小沫，还有朋友的前男友，都可以用一句话来形容："打肿脸充胖子。"为了在人前的面子，总是想方设法、没有办法也要制造办法地美化生活。换句话说，就是活给别人看。这种生活虽然很精彩，但终究是想象出来的人生。

活给别人看的人生，再精彩也不会快乐。

活给别人看，最典型的有两种。一种就像我上文中讲述的，为了面子，为了在朋友中显示出他们的生活过得很不错；或者是收敛着自己的性格，隐藏自己真实的经济状况，一味地迎合朋友，为了在朋友中树立威信；或者是过度沉溺于朋友圈中虚拟的生活，用一个又一个与事实相悖的生活，来创造在别人眼中的精彩生活。

其实，这种活给别人看的，还有另外一种人。多少人，就是因为别人的一句话，或者别人的眼光，做着自己不喜欢的事情。

比如说，你就是喜欢画画，从小就喜欢。但是你家的七大姑、八大姨都过来了，说画画以后能干吗呢？而且学艺术学费还那么贵。你看人隔壁家的 XXX，学工程预算，现在在一家大房地产开发公司工作，一年的年薪有 XXX，你就是不如人家，只能在家画画。

你不乐意了，觉得别人能做好的事情，你也一定能做好。于是你放下画笔，钻到数理化当中去了。你确实也做到了，若干年后，你也成为一家房地产企业的小头头，收入也不菲。但是每每你去美术馆参观的时候，心头总是一紧，曾经的最爱，就这样再也没有了交集。

你的生活，总是被不同的策划、报告、数据所占据，而这些，你根本一点儿都不感兴趣。好几次你都崩溃地把报告砸在桌子上，当时你就想，如果现在你的工作是完成一幅画，可能让你画一个晚上都不会觉得累吧。

别人的眼中，你是风光了，也证明了自己，但结果呢？你仍然不快乐。

还是很小的时候，有一个挺出名的小品，大意就是别人央求男主人公帮忙买卧铺票，男主人公总是爽快地答应。但是男主人公也没有买票的门路，只能夜夜守在候车大厅，像常人一样排队。女儿很心疼他，但有什么办法呢？看着死要面子活受罪的老爸，也只有陪着的份儿了。

当时大家看着欢乐，笑笑就过去了。但是，在现实中，有多少人有着和男主人公一样的性格，过着活给别人看的人生。在光鲜亮丽的外在下，在"一句话的事儿"的承诺下，背后却背负沉重的负担，甚至让自己都不能好好地生活。

人生终究是自己的，生活不会因为别人的只言片语而改变。不管别人对你的人生抱着怎样的评价，生活的路，终究要自己走。在别人眼中，不论你的生活是贫穷，还是富足，都只是他们茶余饭后的谈资罢了。而在当下的生活中，你是否觉得发自内心的快乐，才是你对生活真正的态度。

现在就静下心来想想：目前现在的生活，你觉得快乐吗？

快乐就继续，不快乐就向着快乐出发。

千万别再活给别人看，你的生活，不会有任何人为你负责。

幸运总是喜欢眷顾坚强的人

学妹毕业之后来到我的城市，寄宿在我家。找的工作在我看来很不错，工资不高，但特点是需要去全国各地出差。她在还没毕业的时候，就已经在这个公司实习，一个学生，公司出钱，让你看遍祖国大好河山，吃喝玩乐都有人买单，怎么看怎么爽歪歪。

毕业答辩，学妹请了一个月假，回来就喊着要辞职。天天九点钟上班，恨不得八点半才起床，迟到成了家常便饭，因为出去和朋友聚餐都能请两天假。不知道她为什么突然对工作表现得那么不耐烦。有天她把我拉到她的房间，表达了自己的想法。

她说最近诸事不顺，觉得这个城市太小了，也学不到什么东西，她想去北上广，希望得到我的支持。

不顺，为什么会不顺呢？

于是学妹开始滔滔不绝起来：毕业答辩的时候，因为导师之间的矛盾，互相抓对方组的学生不及格，恰恰抓了她；男朋友毕业答辩的时候对她爱答不理，现在已经分手了，她心里非常难过；小伙伴们的工资都比她高，而她的工资连开销都不够用，再也没有了当初的热情；再来就是工作，回来之后什么事都没有，感觉这个城市一点儿挑战都没有，也学不到东西，所以她想去北上广，即使是漂泊，即使是累得要死，但是这个年纪本来不就应该吃苦吗？她觉得只有到了像北上广那样高大上的城市，她才能大展才华，才有拼搏的动力。

好吧，暂且不说北上广是不是适合所有人发展。既然学妹想走的原因，是因为诸事不顺，那么到底是哪些不顺的事儿呢？我们就一件件说吧。

首先，毕业答辩。我和学妹一个学校，一个专业，实在是太了解那些老师们的脾气了。经历过毕业答辩的人都知道，二辩中有优秀论文，当然也有不及格论文，而本科生论文，除了一些专门以后想做学术的以外，大部分学生倾向于实践，论文水平也都差不多。

而学妹的性格，刚好是特别喜欢实践的那种。大学的时候，她做过微商，卖过小饰品，成立过自己的杂志社。为了她的这些课外实践，她逃了很多课，所以在老师眼里她并不是乖孩子。答辩的时候，除了看重论文实际写作水平之外，此前学生给老师的印象也非常重要。论文不通过，当然不是偶然。但恰恰因为这些实践，在其他学生按部就班实习的时候，她已经找到了可以到全国各地开眼界、长见识的工作，我并不认为一次论文没通过，就是不顺。

学妹说，那男朋友呢？她在毕业答辩没通过最难受的时候，他连一个电话都不打！学妹和男朋友是在工作岗位上认识的，两人工作性质相同，我也猜出了些许原因。

你们出差的时候忙吗？

忙啊。

忙到什么程度?

回来瘫倒在宾馆的床上,就不想说话了。

你男朋友开始出差了?

是啊。

你答辩的时候,他在哪儿出差?

哦,忘了问了。

······

问题就出在这里啊。学妹刚回学校的时候,因论文忙得焦头烂额,忽略了男朋友,甚至连男朋友出差的地点她都不知道。男朋友觉得受到了冷落,但想想也很理解,虽然每天回到宾馆的时候很累,非常想找人聊天,但想到学妹可能很忙,也就没有打扰。没想到学妹答辩没通过,需要安慰的时候,这才想到了男朋友,觉得男朋友根本不关心她。男朋友当然也一肚子委屈,这时候吵架自然是在所难免的了。

她伙伴的工资比她高?这个更好解释。在职场摸爬滚打了这么多年,谁都知道,所有老板都比员工精明,不会平白无故地给谁高薪。要不就是学妹身边的同学都比她水平高,那没有办法,学妹就只能提高自身能力;要不就是所在城市的薪资水平就是如此,不过工资高的地方,物价、房租、物业等费用相对来说也高;要不就是拿多少工资干多少活儿,学妹在双休或者在各个城市飞来飞去的时候,她的小伙伴在无休止地加班,承载高负荷的工作。

最后一点,我们足足聊了一个小时。学妹说现在她们公司还没到出差办活动的时候，闲得要命。她在二十岁出头，没选择回老家，就是想多学一些东西，而在这个公司，成天嗑瓜子、聊天、看电视剧，什么都学不到，她想去大城市，真正能学到东西的地方。

学妹到底是刚毕业，还没有摆脱学生思维。从小到大，定位都是学生，交了学费，老师就应该灌输知识，看管学生学习。但是社会就完全不一样了，能力就是饭碗，谁会无缘无故主动把赚钱的能力随便教给别人？这跟处在什么城市无关，在哪里都是一样的。

学妹说她都不知道从哪儿学起，每次跟同事们出差的时候，倒是能学到很多东西，但关键是现在他们同事也没什么事儿，学什么啊？

多珍贵的自习时间！学妹曾经一直嚷嚷着想学的韩语，想学的吉他，现在完全可以学啊！即使没什么想学的，看书啊！管理学、心理学、历史、政治……总有一个领域是自己感兴趣的，甚至刷微博、看新闻、看书等，看得多了，懂的自然也就多了。

问题都找到了根源，学妹说：嗯，学姐，我知道了，但是发生的这些事仍然让我很难过，学业、事业、感情都不顺，甚至上个厕所公交卡都能掉马桶里，我该怎么办？

在你感觉诸事不顺的时候，你一定要学会坚强。幸运的是，学妹的思路很清晰，知道自己为什么不顺，能够罗列出来，一条条地找原因。既然有问题，那么自然会有解决的方法。我想学妹需要做的，就是认定她认为对的事情，坚强地面对一切不顺，然后用自己的方法解决所有不顺的事情，而不是一直萎靡。

现在的学妹，去买了把吉他，上班的时候看看乐理，下班的时候一遍遍地弹小星星练指法，颇有文艺青年的架势；跟男朋友的误会解除了，马上两人都要出差了，彼此很珍惜这段在一起相处的时光；老板觉得学妹毕业了，而且工作的一年表现很出色，在全员大会上表扬了她并给她加了薪；学妹还告诉我，她跟另一组的组长关系很好，而那个组长仅仅比她多工作一年，她觉得自己现在知道的东西太少了，需要学习的太多，一年之后，她也要做组长，也不张罗着去北上广了。

看吧，所有的不顺都会过去，关键在于努力，幸运总是喜欢眷顾坚强的人。

我总是觉得不顺是件好事。太过安逸，走的一定是下坡路，继续安逸，可能顺势就到了谷底；感觉到阻力，正是在向上攀登，被阻力吓到，最后仍是跌落谷底的悲剧；如果选择坚强，研究出受阻的原因，克服阻力，迎难而上，终究会到达山顶，享受"一览众山小"的畅快淋漓。

毕业就迷茫，不无道理。想当初我毕业的时候，和学妹的处境非常相像，但是我却没有一个能帮助我分析分析的学姐。那年刚刚实习结束，距离毕业还有半年的时候，已经没有了课程，在学校待得实在无聊，就选了几家中意的公司，将简历投递了过去。

第一个回信的，是心仪很久的那家公司。于是当晚决定奔赴另一个城市，没有想后果，没有想什么安不安全，坐了一个晚上的硬座，第二天独自一人到达了一个陌生的城市。面试的结果很不错，通过了。

　　一个人，没有独自外出的经历，没有朋友，没有亲戚，没有住处，生活能有多顺呢？刚毕业，我不想靠家里，用以前的稿费租了房子，在经理的帮助下，和一对情侣合租一个小两室，月租就四百块，条件可想而知。二十平方米不到，木头门，还没有锁，晚上会被各种声音吵醒，屋顶漏水，一切电视剧中的场景都在眼前上演。

　　都说在一个城市，有个能称之为"家"的小屋，就会有安全感。但当时我却极其不愿意回家，反正初出茅庐，什么都不懂，索性就在单位加班。整天在单位挑灯夜战，领导看了自然满心欢喜，同事见了就觉得我该回家不回家，在单位瞎忙真能起高调。人际关系不会处理，同事仅仅是同事，在这座新城市里，没有一个可以谈心的朋友。

　　我当时心中的信条就是，自己选择的路，跪着也要走完。慢慢让自己强大，就会受到其他人的尊敬，一心扑在工作上。坚强，是每天的坚持。但是鬼知道那份坚持有多么难熬，不敢和朋友说，怕朋友担心；不敢人家人说，怕家人惦记。默默地一个人踏上征程，披荆斩棘，等待天明。

　　印象最深的一件事，就是某天正在工作，突然见学校的好友打来电话。在学校的时候，我们经常相约一起去食堂，最喜欢靠窗的位置，透过窗户，可以看到来来往往的学生，或行色匆匆，或一对情侣甜甜蜜蜜，我们就不紧不慢地吃着，猜着别人的故事。

　　"XX，你最近怎么样？"

"还好啊，还那样。"

"忙不？"

"超级忙，忙得昏天暗地的。"

"猜我在哪儿呢？"

"嗯？"

"我在食堂，和XX还有XXX，就在窗边的位置。点了你喜欢的烧茄子，没让放葱。就缺你，要是实在太累，就回来吧。"

莫名就戳中了那个点，我的眼泪"唰唰"的往下流。一时间，好不容易搭建的堡垒瞬间坍塌，像受了天大委屈的孩子，再也控制不住自己。怕别人看见，赶紧挂了电话，躲在卫生间里，把哭声调成静音。谁也不知道，那个整天嘻嘻哈哈的姑娘的脆弱。

这个城市，没人知道我不喜欢一个人吃饭；

没人知道我最喜欢靠窗的位子；

没人知道我从小就不吃葱。

而这些，只有你们懂。

而那样的日子，却没有持续太长时间。一次次聚会，拉近了同事间的距离，也发现了正好"臭味相投"的几个人，一起逛街、一起品尝美食，有心事也能拉着她们聊到天明。

工作上也是顺风顺水，趁着年轻的冲劲，主动承担了几个重要项目。虽然经验不足，难免出错，但也一步一个脚印，享受着每次挑战成功的自豪感。

所有的努力，只为遇见更好的自己

作为一个新人，很快被全公司所熟知。然后一次次站上公司优秀员工的领奖台，一点点从刚毕业的新人，逐渐走向成熟。

　　看吧，只要足够坚强，没有永远的不顺。如果当初觉得委屈，大哭一场就放弃了在陌生城市的生活；如果学妹没挺过去，一点儿计划都没有就去了北上广。虽然生活还会继续，但是却不再是你想要的生活。将就一次，命运轨迹就会偏离。

　　人生，本来就是一个困难接着一个困难；成长，本来就是一个挫折接着一个挫折。不管你是在什么位置，是什么身份，总会面临着各种各样的烦恼，如果不选择坚强，不管怎么换环境，根本上的问题没有解决，你还是会因为同一个问题而停滞不前。

　　有人会说了，不对啊，我对面的大神，他就是处理什么事情都游刃有余。什么项目他都做得轻轻松松，什么好机会都能落在他的头上，这难道不是运气吗？

　　成熟的人，不会把遇到的困难都写在脸上，当然更不会挂在嘴边。你的眼中只看到了他的顺风顺水，却不知道在你和朋友吃火锅、逛街、聊天的时候，他一个提案改了无数遍，还在挑灯夜战地一遍遍修改。为了一个机会，他可能从三年前就开始准备了。

　　人总有独自坚强的过程，遇到逆境，学会隐忍，坚定目标，坚持不懈地为之努力，你就会得到你想要的一切。这个坚强的过程，没有哪个人会主动向你提起，而你经过后自然就明白了。

所以，如果你觉得你现在诸事不顺，那么说明机会来了，千万不要放弃，再坚持一下，或许你就要成功了。

　　越是在诸事不顺时，越要选择坚强。

努力打拼，才能成为"很贵"的人

最近很流行一个词语：会呼吸的人民币。

我身边有很多这样的人，全身上下都是名牌，为了追一个包包的新款，亲自飞到国外等待发布。脸上擦的、用的，加起来"1"后面得加好几个"0"。走在马路上一副引领时尚最前沿的样子，引来无数回头率。

这样的人漂亮吗？
漂亮。
羡慕吗？
不羡慕。

或许接下来，有人就要酸酸地说这些人是不是什么富二代，她们的钱是否来路不明，有没有被人包养之类的。不一定，如果这些人的高贵，是凭着自己点滴积累后的提升，那这种骨子里的高贵，足以让人佩服。但如果这种高贵只是一种空壳，完全是对人民币的盲目追捧，那就另当其说了。

先不要嫉妒这些有钱的女人，说说我身边的一个朋友吧。

小 A 是我高中时候的同学，高中时代她就在学校里小有名气。不是因为傲人的成绩，也不是因为校花般的美貌。在那个单纯得像矿泉水一样的年纪，小 A 已经认识了大多数一线化妆品、服装的品牌。在学校里，跟她走得最近的不是同学，反而是那些年龄大一些的年轻老师们。

　　也许是太早就清楚了自己想要的是什么，所以本该安安静静读书的年纪，她已经掌握了各种化妆技巧、搭配常识。思想的成熟让她不愿意和同龄人交流，认为同龄人的想法太按部就班。照她的话来说，她的人生观只能用"贵贱"二字来形容。

　　记得当时上学的时候，有个非常有个性的男老师，教语文的。小 A 和他的关系特别好，可能是思想相近，过了不长时间两个人就在一起了，这在高中时代，也算是轰动一时的大事了。刚开始的时候，他们的关系看得出来的好，上课的时候，眉眼间满满都是甜蜜。

　　中间的过程可以省略了，只知道最后男老师读课文的时候，读到有关女同学的名字都要跳过去；上课按顺序起来读课文，读到小 A 附近的时候停住了；考试巡堂，坚决不走小 A 的那个过道；上课提问，以小 A 为圆心，半径 20 厘米周围的同学坚决不提问……

　　夸张吗？一点儿都不夸张，开头不说了这个男老师非常有个性了吗？

　　至于两个人之间到底发生了什么，那想象的空间可就大了，因为我也不知道。

高中毕业后，我们就不常联系了，但最近班级里建了个群，互加了微信，通过朋友圈，也慢慢了解了一些她的生活。

她的生活，有豪车，有别墅，有狗，有名牌。飞去韩国整了若干次容，渐渐变成了和记忆中不一样的面容。她的生活果然"很贵"，全身上下都是人民币。

但也耳闻，她被谁谁包养了，被原配晒出的裸照很难看；她又被谁甩了，一个人无家可归；她整容的脸出了问题，现在都不敢出去见人。这些消息或真真假假，或捕风捉影，权当饭后谈资，也没放在心上。

直到她更新了一条朋友圈，真心觉得这个人无药可救了。

"台风天气，于我来说，就是外卖不能按时送到了而已。我都不知道洪水死了这么多人，住不起豪宅的贱命，死了也就罢了。"

当年与男老师分手的谜团好像突然有了答案，如此愤青的男老师，或许一时会被小 A 的与众不同所吸引，但就凭小 A 这扭曲的思想，三句话就能让人厌恶至极吧。

甚至那些她被人抛弃、被人嫌弃的故事也都值得相信了。

毕竟像小 A 这样的人，看似满身名牌价值昂贵，但一张嘴就被打入了谷底。

有些人，贵着贵着，就贱了。

再说说我闺密B吧。高中的时候，我们是同桌。她满足一切高中时期女神的样子，不施粉黛，清纯淡雅。那时候每次课间，桌子上都会堆不少零食，或许这是那个年纪表达爱最奢侈的方式。

每到这个时候，B总是微笑地收下，然后悄悄地记在本子上，一年的时间倒也记下了不少。作为B的同桌，我的福利就是有吃不完的零食，而那些剩下的，到周末我们就去经常去的那家寄宿学校，分给那些家庭困难的孩子们。

高中快毕业的时候，有天B叫上我，神神秘秘地说要去上街选礼物。一共三十五件，B和我都一一精心挑选。

嗯，最后这些礼物都送给了那些暗恋她的男孩。

B说，对于那些并不贵重的礼物，拒绝既不礼貌，又显得对别人不尊重。这么小，谁懂感情，但是青春只有一次，不论对谁，高中的时光都是最美好的回忆。所以她选择毕业的时候，回赠给这些男孩们一件礼物，作为青春的纪念。

听起来心里暖暖的，从小到大B的情商就是这么高。她的家庭经济水平处于中等偏上，基本上是不愁吃穿，没事儿还能小奢侈一下。而这些，仅仅就是她的家庭而已，与她无关。

大学毕业后的她，感觉上班太约束，于是选择自己做微商。遇到的人，也是各式各样，但大多数人都与她成为了朋友。虽然是生意人，却不太像生意人。

满世界地跑，朋友圈里晒的却是经常去的一家路边摊；

韩国当年端午节申遗成功的时候，她一怒之下取消了所有韩国商品的代理；

她卖的产品从来都是最低价，当然也一分钱不会降，遇见真正有困难的代理都是直接送给对方。

生活的闲暇时间，她品尝了各地美食，学习了钢琴、长笛，成为一家瑜伽馆的教练。最有意思的是，小时候她总觉得中国功夫特别帅，一直挺向往。当时我跟她说：看你一个娇滴滴的小姑娘，估计武术是学不成了，要不，你以后就找个学武术的老公呗。

她却一脸不屑，说：为什么我就不能学武术了，等我以后有时间了就学给你看。

所以，她现在穿着一身帅气的武术服，一招一式还真像那么回事儿。谁说有些东西练的都是童子功，长大了就学不好了？只要想做一件事，干什么都不晚。

B 生活得有滋有味，她有奢侈的资本，却没有时间关注那些奢侈的名牌。她努力赚钱，却只是因为喜欢那种想做就做的感觉。她每天都活在梦想当中，每天都在实现着前一天的梦想。

走在 B 的身边，总感觉她身上有一种特殊的气质。她虽然穿着简单的 T 恤，满大街千篇一律的牛仔裤，举手投足间却满是高贵优雅。

毕竟像 B 这样的人，即便穿着一身的地摊货，但一张嘴就高贵了。

有些人，平平淡淡的，就高贵了。

这两个朋友，代表不了所有人，但是仔细想想，你就会知道，奢侈品环绕的人不一定高贵，而高贵的人也不一定写在脸上。要知道，这个世界上，不是只有钱能用"贵贱"来形容。

人格可以，行为可以，精神可以，思想可以。

小 A 就是太在意那一个"贵"字了，以为得到了钱就得到了所有。但钱只能算是一方面，可能有的时候连一方面都算不上。什么东西越缺失，在得到的时候，才会越拼命地显摆。

小 A 缺少那种骨子里的高贵，所以在得到物质上享受的时候，才会想方设法地让全世界都知道。她的那条朋友圈，恰恰就是想极力抬高自己的身价，但没想到的是，这种刻意，往往是事与愿违的。

所以她的好多朋友像我一样，看罢就把她拉黑了，从此再无关联。

一个好汉三个帮，身边没有了朋友，再多的钱也有花完的一天，再靠谱的"财源"，也难保没有断了的一天。试想，如果青春不再，小 A

身边的男朋友，是否还会一如既往地陪在她身边？

作为曾经的同学，我倒真心希望小 A 往好的方向发展。

选闺密，我一定会选择 B。很明显，B 的三观正常，沟通起来让人觉得舒服，人美、性格好，任谁都想和她做朋友。微商需要的是什么，当然是朋友的宣传，于是 B 的生意越做越大，现在提起她，不用提及她的家庭，不用提及她的男朋友，仅她一人，就足够让人仰望。

如果你也想和 B 一样，想变得高贵，想离你的梦想更近一些，你就应该成为一个"很贵"的人。

贵在于人品。人们都喜欢开玩笑似地说一句话，"人品爆发了"。大多数人都会以为，人品爆发的一瞬间，凭借的仅仅是一份幸运。实际上，首先你三观得正，不去参加公益活动，你就不会人品爆发地找到跟你一样怀有善良之心的男朋友；不在面试的时候，把会议室的桌椅摆起，你就不会受到注重细节的老板的赏识，人品爆发地被心仪的公司录用；不对子女倾注全部的爱，你就不会人品爆发地拥有一个人人羡慕的孝顺孩子。

贵在于学识。书中自有黄金屋，书中自有颜如玉。如果这句话你只能理解到字面上的意思，那就真要好好读书了。不要求人人都满腹经纶，至少别人在四个字、四个字跟你交流的时候，你不会傻呵呵地只说一句"好"。气质，与相貌无关，与美丑无关，只与谈吐有关。如果一个如同小 A 和 B 那样的朋友，虽然站在一起都挺美，但只要说一句话，马上见高低。

贵在于精神。现在我说你一定要有爱国的意识，你一定觉得我太老土了，简直在开玩笑。如果一个人，在奥运会中国夺得金牌，升起五星红旗奏国歌的时候，内心还没有那么一点点的澎湃，那么，你高贵也没什么用。真正高贵的人，一定要有一种信仰，这种信仰，可以是一个国家、一个宗教，或者是一个目标，拥有正能量的精神，才配得起高贵。

贵在于思想。一群人排排而坐，最先看到的，一定是最高的那个人。小溪所有的水流都顺势而下，那么小溪只能称之为小溪。如果这其中有条不甘平庸的水流，逆向而行，那么激起的就是浪花，人们称其为大海。人云亦云，丧失了自己的个性，总会被淹没在人群当中。

看看你所崇拜的"大神"，那些人的现在，就是你的梦想。所以，他们哪个不是很贵的人呢？或者你说了，不对，他们就是天才，从来没有哪些报道是说他们曾经努力拼搏过。

你只看见了某某高考多少多少分，成了某某市的文科状元，然而这句话的背后，可能是他挑灯夜战、睡眠不足、想尽一切方法让自己清醒，在无数的试题中努力提高学习水平换来的。最终，就是这一点点的积累，他让自己成了"很贵"的人。

你只看见某某平台火了，这句话的背后，可能是无数个被毙的方案、家人的不理解、想法得不到身边人的认可，被看成傻子的无奈。团队只能默默地继续做着方案，继续挑战市场，直到最终占领市场，成了"很贵"

的团队。

你只看见好多创业者成功了，这背后，可能是打了无数次水漂，投入了所有的资金，有的时候走投无路，甚至想跳楼、想崩溃，最后却在通往梦想的道路上继续打拼，最终获得成功，成了"很贵"的人。

看到这里，你还羡慕那些"会呼吸的人民币"吗？

如果你的梦想就是赚钱，就是做一个"会呼吸的人民币"，那你为了这个目标就去努力，去提升自己，先把自己的打造成"很贵"的人，让你配得上这个梦想。目标明确，完全可以成功。

但如果你的目标只是人民币，认为提升自己都是白扯，那么就像根基不稳的大楼，一脚搭不住，很容易就会被 Over 掉了。

想要一步步接近梦想，相信我，你应该去做一个"很贵"的人。

107

只有努力，才能交出一份好答卷

最近身边总有此起彼伏的声音：

累啊，太累了。

上班真辛苦，早上天蒙蒙亮就要起床，晚了一点儿就来不及洗漱、洗头、吃早餐，稍稍赖床一小会儿，就得以光的速度，飞一般地去打卡，晚一会儿一张红票票就华丽丽地不是自己的了。

然后开始了一天的工作，模式化地收发邮件，跟客户确定合同，一条条一款款地核对。周一的时候大难临头，周二、周三、周四，一副生无可恋的表情，周五终于有了一点儿生气，等待着周末两天假期的来临。

而终于盼来的周末呢？刚一睁眼睛就到中午了，下午磨磨蹭蹭看个韩剧，玩个游戏，惊觉晚饭的时间到了。周日的时候，洗一周的衣服，收拾经过一周"洗礼"之后凌乱的房间，这个周末就过去了。

然后又到了可怕的周一，感觉周末也没怎么歇。

累啊，实在太累了。

所有的努力，只为遇见更好的自己

日子就这样一天天地过，日历一页一页地往后翻。好像新年的钟声刚刚敲响，春夏秋却已悄然溜走，抬头雪花又起，居然又过了一年。

这一年你干什么了？被生活所累，每天按时上班、下班，日子过得飞快。但竟然想不起来生活中的一点细节，恍若时间丢了。

你有点儿慌了，一年又一年，如果都这么过，那么跟等死有什么区别？

所以，你只能叫活着，而不是生活。你的感觉只有累，没有幸福。

我身边大多数幸福感较强的人，大多数都喜欢做梦。

不是像你一样回家倒头就睡，他们的梦可远、可近、可虚无缥缈，也可以离生活很近。

小C和大多数人一样朝九晚五，不一样的是，她就是那种典型的爱做梦的女孩子。

上学的时候，小C并不聪明，在同龄人中也不拔尖。长相一般，学习成绩一般，家人对她的期望，也是能考个一般的大学，毕业后找个一般的工作，再找个一般的老公，今生就这样"一般"下去了。

但恰好在她初中毕业的假期，爸爸妈妈准备带她好好放松一下，她们去了厦门玩儿。从小生活在东北的她，并不知道原来海可以那么蓝，海风可以那么拂煦，躺在沙滩上的感觉可以那么美好。

令她印象最深刻的，是厦门大学的校园。简单整洁，一尘不染。一切都是她想象的样子：整齐的教学楼，不时有学生手握书本，三三两两地进出。她躺在学校的草坪上望向天空，一眼就能望到未来的样子。

厦门大学，成了小C的梦想。

高中三年，她在别人的眼中过得很苦逼。因为没有那么天资卓越，她只能付出比别人多几倍的努力。尤其在他们那种小地方，每年能够到达厦门大学分数线的学生寥寥无几，所以听小C说要考厦门大学，就好像她说的是清华、北大一样。

成功只是一个结果，说出来很容易，但人们为了成功所付出的，没经历的人一定是不懂的。一句简单的"每天坚持早上五点钟起床背单词"看似容易，不过想想你每天九点上班，八点还在赖床的各种理由，何况像她那样坚持三年，难度可想而知。

开始的时候，小C成绩没有什么起色，她也不是什么尖子生，老师自然也不重视。所以，她上课的时候听不懂的，下课就追到老师办公室去问。朋友说的明星八卦，她一概不知；班级里最新的谁和谁的绯闻，她听着也是一脸茫然的样子。

整个青春，她一直在为自己那个终极梦想——厦门大学而努力。

高考结束，她的所有努力，变成了一份满意的答卷。走出考场的时候，小 C 的父母在外迎接，看到小 C 脸上开心的笑容，也真心地为她高兴。

结果有点儿意外，虽然小 C 超常发挥考出了高分，但是离当年的厦门大学分数还是差了一些。最后，小 C 挑了一所沿海城市的大学，在当地人眼里，那所大学也算可以了。但是也许小 C 当初的目标设定得太大了，很多人都在为她惋惜。

别人跟我讲述小 C 的故事，她是这么说的：小 C 高中三年过得可真不容易，她过得哪儿叫人过的日子，整天学得昏天暗地，就知道学习，都没有青春。她的人生肯定是不完整的，关键是即使那么努力，最后还是没考上心仪的大学，简直太遗憾了，她一定都伤心欲绝了。

高考录取后第一次看到小 C，她并没有那么萎靡不振，也没有像别人所说的没有青春。相反的，在我眼里，我看到了属于 19 岁的阳光朝气，简单的 T 恤，淡蓝色牛仔裤，笑起来甜甜的。谈及高中生活，小 C 的感受，却和所有人看到的并不一样。

她说，高中三年，她的人生就没有那么充实过。她坚持刻苦学习了三年，虽然很不容易，但是却很快乐。面对喜欢的事物，再累都是种幸福；而面对不感兴趣的事物，再简单也是种折磨。打个比方吧，就像你喜欢文字，每一次敲打键盘的感觉，都是一种愉悦。但如果是一个对文字一点儿都不感冒的人，你让他写东西，简直就像要了他的命。

她也一样，高中的时候，厦门大学就是她的梦想。因为太想得到那份美好，而通向那份美好的唯一途径，就是成绩优异。在别人看来枯燥的语、数、外、理、化、生，在她眼里却是一把打开未来的钥匙。有时候明明学习得很辛苦，然而真正解开一道困扰了她好久的题的时候，那种拨开云雾的感觉，竟是那样的畅快淋漓。

　　早上天还没亮就要起床，起初是很痛苦，但想想只要这么坚持下去，厦门大学就会属于自己，起床也就毫不费力了。还真应了句俗套的话，每天唤醒她的，不是闹钟，是梦想。

　　而那些明星八卦、游戏、电视剧，她不去参与，并不是努力克制，而是与她的梦想无关，她打心眼里就不感兴趣。对于她来说，高中三年那些有梦可做的日子，给了她极大的幸福感。因此，即使最后没有完全实现梦想，但是她仍然感觉很幸福。

　　在那些一心一意谋生活，没有目标没有梦想的人眼里，那些有梦可做的人都是痛苦的，但事实往往并非如此。沉浸在梦想当中，为梦想倾尽所有的努力，为梦想奋不顾身的人，他们经历的那些有梦可做的日子，总与梦想相关。

　　阿雯大学刚毕业的时候，毅然选择了远方。从小到大，摄影师一直是她的梦想，一家颇有名气的传媒公司，在她还没毕业的时候，就向她抛出了橄榄枝。只要能实现她的专业摄影师梦想，不管是哪个城市，她都可以去拼搏。

刚到了一个新公司，阿雯发现这个公司真的可以学习到很多东西。公司里有很多专业的摄影大咖，一步一步地教给她摄影知识。阿雯也是那种踏实上进的孩子，很快就融入到了新集体当中。

工作了一段时间，阿雯对自己的公司也有了进一步的了解。她发现自己身边的人，大多数都和自己年龄相仿，公司的人员流动性特别大。一位老员工告诉她，他们公司俗称"传媒行业的黄埔军校"，出了名的对员工要求高、管理严苛，但是福利待遇却很差，工资很低，涨幅也不大。

但是最好的一点，既然号称"黄埔军校"，也就是说，在这里刚毕业的大学生都能得到全方位的锻炼。因为公司在业内也很有名，知道从这里出来的都是高素质的人才，所以只要在这个公司工作两年的员工，基本上都是有猎头主动找上门来挖角的。

阿雯听了，感觉很适合自己。毕竟刚刚走出校门，吃点儿苦当然是应该的。而且，她也需要一个将理论转化为实践的过程，在这个公司，刚好合适。

其实我听过对阿雯的议论，不少是来自老家的。长辈们习惯性地以薪资论英雄，听阿雯一个人在外打拼，问过阿雯的薪酬待遇后都放心了，还不忘了给阿雯的父母补两句：你说你家一个姑娘，在外面的工资和在家里面差不多，除去房租、水电费，能养活她自己？肯定不行！在外头折腾什么呢？还不如回家呢！

是啊，同样的工资，在经济水平落后的老家，基本可以做个前台行政。

以后寻个好机会，找找门路，说不定能进个事业单位，或者考个公务员。每天上班下班按时，也没有太多的工作量，没有那么多事情可操心，小姑娘安安稳稳的，多好。

何苦在外面，离家那么远，有什么事情家里人也照顾不到。何况成宿成夜地加班，有时候外出参加拍摄任务，拿着个大单反相机，扛着沉重的镜头，在炎热的烈日下，一晒就是一天。这哪儿是个姑娘能遭的罪啊！

在外人看来，阿雯的生活简直苦到了极点。

但是在阿雯眼里，自己却在经历一份完全不一样的人生，一个置身事外的人永远体验不到的人生。

她是公司学习东西最快的一个，参加工作才一个礼拜，她就完全不需要别人跟着，就能够独自出摄影任务，拍回来的照片，也颇受老员工们的认可。

她是公司效率最高的一个，往往别人才刚刚拿到任务书，她已经在外出拍摄的路上了。她随身携带着备忘录，一件件迅速地完成工作，其他时候，她都腻在资深摄影师旁边，请教他们问题。

她是公司最开朗的一个，利用一切机会，让全公司的员工认识她。集团组织的活动，不管她擅长不擅长，必须参加。按照她的话说，混个脸熟嘛，很快的，几乎所有人都知道阿雯的名字了。

她常常因为专心致志地写一份拍摄报告，而忘记了晚饭时间；

她常常因为自告奋勇组织一场活动，而加班好几个通宵；

她常常因为准备公司的日常比赛，而苦练某一方面的才艺。

其他人都觉得她过得太辛苦了：你才赚几个钱啊！

她却觉得每一次被认可，都是给她前行的最大动力，她又向她的资深摄影师梦想迈进了一步。那种追逐梦想的成就感，用钱是衡量不过来的。

况且在她的眼里，时间都是用来实现梦想的，哪有时间去花钱呢?

直到她离开公司的那天，去了几家新公司应聘。看了她的作品，听了她的经历，轻松地收获好几家公司的 Offer，最后不出意料的，她去了那家最向往的专业摄影公司，而不是给她职位最高的那家，也不是薪资最高的一家。

看客们还在发表言论：阿雯，她是傻吧。

不，她真的是很聪明。抛开一切世俗的偏见，以她最舒适的姿态而活。不管在什么时候，她都以最幸福的姿态，活在她的梦想当中，慢慢地接近那些曾经遥不可及的梦想。

你感觉现在的日子平平淡淡，你觉得目前的状态碌碌无为，你早上起床的第一感觉，不是充满希望、激情澎湃的一天终于开始了，而是永远躲不开的昨日的乏累。如果你的生活再也给不了你幸福感，那么一定是你的人生目标出了问题。

建议你适当地做做梦吧，那些可大可小的梦想，会给你满满的幸福感，会让你的生活充满希望。

这些梦想，和得失无关，和利益无关，和金钱无关，只关乎对于某种感兴趣事物的信念，那种不达目的不罢休的强烈意愿——

千万别在乎外界的眼光怎么看你，那些对你议论纷纷的人，他们不一定比你幸福。

而追着梦想前进的你，时时刻刻都在向着幸福出发。珍惜那些有梦可做的日子，那些时光教会你生活的真谛，那些回忆总是充满着幸福。

第三章

思考：高质量
的努力是带着脑子的

生命太短暂，我没时间讨厌你

1

　　我跟栗子认识有二十多年了吧，第一次见到她的时候，我大概是七岁。当时我搬了把小板凳正坐在院子里头吃饭，就看见栗子姑姑急急忙忙地回来，背上还背了个小背篓。过了没一会儿，栗子姑姑就过来喊我妈，两个人嘀咕了几句，我妈围裙都没解就跟着她急急忙忙地直往她家去，我一看一定是有什么大事啊，赶忙抱着还没吃完的饭碗屁颠屁颠地跟上去了。

　　刚走到她们家门口就听见了有小孩在哭，栗子姑姑和我妈两个人坐在床沿上，一脸面无表情。我一边往里看一边往嘴里塞饭，刚一看到躺在床上的栗子，一口饭就喷在了她脸上。栗子被裹在一件小棉袄里，小脸皱巴巴的，活像个小老头，本来就黑，又因为哭得太用力涨得面色通红，别提有多丑了！头发尤其浓密，湿漉漉的，满头是汗，简直不能再嫌弃了！

　　我妈像被我一闹惊醒了似的，踢了我两脚，骂了句"倒霉孩子，一边去"，赶忙起身把栗子抱在怀里哄，反而栗子姑姑坐在那里像是一点儿反应都没有。我问我妈："这孩子哪儿来的啊？丑成这样。"

我妈也不搭理我，转身对栗子姑姑说："她好像是饿了，家里有没有什么吃的啊？"栗子姑姑抬头看了看栗子，又看着我妈，就开始掉眼泪了，说："她才刚生出来，才三天，有东西也不能吃，家里奶粉也还没有买。"低头抹了一把眼泪，她又问我妈，"这以后可怎么办啊！"我妈拿出她一贯天不怕地不怕的气势说："能怎么办，抱回来了就养着呗。"

栗子亲生父母偏爱儿子，尤其是在农村，养儿防老的思想更为严重。在栗子之前，他们已经生了个女儿，求神拜佛地希望第二胎是个儿子，谁知道栗子从投胎开始就不争气。小孩生出来一看是个女儿，她妈甚至连看都没多看她几眼，从医院回来的第二天，就让她姑姑抱回来养了。

一开始她姑姑也不情愿，本来家里条件就不好，又来了这么个拖油瓶，但是据说栗子奶奶差点跪下来，说栗子姑姑要是不把孩子带去养，将来孩子扔到外面去，是死是活都不知道。栗子姑姑也是个心肠特别软的人，看在自己弟弟和母亲的份上就应承下来了。

栗子可以说是跟在我屁股后面长大的，就连她的绰号"毛毛"都是我取的，就因为她生出来的时候身上的毛特别多。那个时候，我家养了一条狗，我也给它取名叫"毛毛"。每次我在院子里喊"毛毛，出来"，栗子和我家的狗就会同一时间跑出来。后来栗子说，从那以后，但凡有人喊"毛毛"，就算明知道是喊狗，她也会回头，那叫"条件反射"。

2

我第一次知道人心的恶意是在栗子八岁那年。那个时候我已经上了初中，只有在周末回家的时候才会带着栗子一起玩。那天周五，我骑着自行车回家，远远地就看到了站在村口石桥上的栗子，我脚下生风，车轮蹬得极快。一个急刹车停在栗子面前，却看到栗子在那儿抹眼泪。我把自行车往旁边一扔，着急地问她咋了。

她抬头看见是我，嘴巴一撇，扑上来就放声大哭。她一边哭一边说："我要去找爸妈，伯伯说我是捡来的，我要回去找我的爸妈，我不是没人要的孩子。我讨厌伯伯。"我忽然就愣住了，不知道该说什么话才好，等她哭不动了，就带她去小店买了她最喜欢吃的奶油面包。她没有像往常一样，拿起面包就啃，而是问我："伯伯说的是不是真的，我真的没人要吗？"

当时的我也只是个半大的孩子，从来没遇到过这样的问题，我不会说什么安慰人的话，只是告诉她："我妈今天做了你最爱吃的板栗炖鸡，好几个月才能吃到一回呢，晚上你到我家吃饭啊。"很多年之后，当我再想起这件事的时候，我都会后悔自己当时没有安慰她，不然，她也不会放不过自己那么多年。

我想了很久都想不明白，为什么一个成年人会对一个小孩说出那样赤裸裸伤人的话。尽管每个人心里都很清楚栗子的身世，但对着这样一个天真、未经世事的小孩，不是应该竭力去守护吗？每个人都是从孩子长成大人的，孩子无忧无虑，也敏感脆弱，将心比心，实在不应该放大他们的敏感脆弱。

从那之后，栗子好像变了，八岁的小姑娘像是在一天之内变成了另一个人。她不会再在外面玩到天黑，也再没见过她姑姑拿着饭碗追着她满村子喂饭。她很乖，她跟我说如果她不听话，她就没有地方可以去了，也没人会喜欢她了。

那一年的春节，我在栗子家见到了栗子的亲生父母，还有她的姐姐。她姐姐像个假小子，一头短发，看见谁都好像不认生，迈着小短腿在院子里瞎跑。但是我就是无法对这个小孩生出好感，看着她飞扬跋扈的样子，我总会想起栗子战战兢兢、如履薄冰的脸。

后来我听说栗子爸妈给了栗子几百块压岁钱，想让栗子过去住几天，但是栗子不愿意，最后还是栗子姑姑发话，她才答应去的。后来每年春节前夕，栗子都会过去住几天，但是从来不会在那里过年。

3

我上了高中之后，学业繁重，学校离家也比较远，所以很少回家，也很少再见到栗子。高三的国庆节我回了趟家，吃完晚饭栗子就来我家找我。她倚在门沿上，用我特别熟悉的调皮语气说："你再不舍得回来，我都要不认得你了。"我起身在她脑门重重地弹了一下，看她吃痛地大叫，那一刻我的心情变得特别地舒畅，我觉得这个样子的栗子，才该是一个十几岁孩子的样子。

我拉着她出门散步，刚走出我家门不远，她忽然停下来，转头对我说："我偷偷跟你说哦，我姑昨天晚上半夜在那儿哭，因为我说了一句话，然后她就哭到半夜。吵死了。"

我有点震惊，问她说了什么。

"其实也没什么大不了的，就是我前天又去我亲爸那边了，他们又给了我钱，我就拿回来给我姑了，但是我姑一个劲儿地问我是不是看那边有钱想离开这里回去，我觉得挺讨厌的，就说'你到底想怎么样，又想我过去拿他们的钱，又不想我过去，你到底想我过去还是不想我过去。'然后她就开始哭，哭到半夜。"

"你有什么想法呢？"

"我没什么想法，就是觉得挺讨厌的，每个人都挺讨厌的。一个个那么虚伪，那边不要我，还要装着父女情深的样子，因为所有人都知道他们有两个孩子，而这边又想我过去拿钱，又装着舍不得我的样子。"

"你觉得他们对你不好吗？"

"不好，没有一个人是真的对我好的。你没见过我亲爸对我姐姐宠得那个样子，就像一个公主一样，我从来不知道爸爸可以这样温柔。我看着他们那么亲昵的样子，我当时直接就哭了。但是对着我，他们连笑都不会。"

有些东西，的确是需要足够深厚的缘分的，也许穷极一生，你也只能站在旁边看别人笑。栗子太早懂得这个道理了。

"你开心吗？看见你姑哭，看见你爸妈笑。"

"不开心，我一点儿都不开心。很多东西本来就该是我的，我也该像我姐一样被宠着、被疼着，但是是他们亲手把我扔掉的。我姑对我是没有不好，但是她也是为了她自己，为了她老了以后有个依靠。我讨厌他们，所有人都欠我的。"

我看着栗子隐在月光下的脸，有点扭曲，有点不真实。一个十几岁的孩子，因为几个大人的一个决定，让她的人生变得面目全非。她几乎讨厌所有亲人，也开始学着用最刻薄的语言去伤害别人，她会有轻微的痛快感，然而她却并没有因此获得哪怕一秒的幸福感，反而会在伤害过后生出巨大的失落感。

《倚天屠龙记》里有种七伤拳，拳功每深一层，自身内脏便多受一层损害，一练七伤，七者皆伤，其本质便是先伤己，再伤人。

讨厌一个人又何尝不是这样，你在心里咒骂了他千万遍，但他毫发无损，你出恶语伤人，行恶行解恨，然而你心里又何尝有过半分满足？越讨厌一个人，你越过不好自己的人生。

4

栗子上大学的时候，我已经参加工作了，两人偶尔会在 QQ 上说几句话，见面也只有过年才会见到。隐约了解到去了外省念大学的栗子，比以前开朗了很多，跟她父母的关系依然没有改变，但因为与姐姐年龄相仿，两人关系应该是处得不错。

栗子大二的暑假跟室友策划了一次旅行，北京、青岛、南京，最后是浙江老家。在出发之前，栗子报备了两边家长，都没有什么意见，甚至连一句"路上注意安全"也没有得到。倒是她姐姐提出来，说可以资助她一千块钱，栗子收下了这份好意，但是拒绝了资助，只说要是不够路上再说。

二十天的旅程，栗子玩得很高兴，她说那是她最自由的时刻，没有人管着，也不用夹在两边家庭之间为难，当然，她也没有人关心。她唯一的失落，大概就是室友每天都会接到父母的电话，而她只能在旁边听着、看着。

旅行结束之后，栗子先被接回了姐姐家。到了姐姐家的第一个晚上，姐姐和她爸爸就问她这次出去花了多少钱，栗子说四千块钱，跑了五六个地方，中途还去了绍兴。爸爸的脸立刻就变了，原本想要说的什么话也咽下去了，姐姐就在旁边阴阳怪气地说："以后要旅游，自己赚钱，不要花家里的钱。"

他们大概是忘了，栗子这次旅游没有问他们要过一分钱。全是她大学两年从生活费里，还有偶尔做兼职攒下的钱。甚至姐姐主动提出来的资助，她也没要，而姐姐好像也不记得自己说过什么。

第二天吃完早饭，栗子站在阳台上给吊兰喷水，姐姐过来说："去，把碗洗了。"

栗子放下喷水器，想了想，歪着头回答："为什么要我去啊？我是客人啊，你是主人为什么不去？"

"哪有客人像你一样是来拿钱的。"

栗子转过身，拼命地睁大眼睛，就是不让眼泪掉下来。

她说她一辈子都不会忘记这句话，一辈子都不会忘记今天跟她说话的人，一辈子都没有像今天这样讨厌过一个人。

什么姐妹，什么亲情，都是虚情假意。

那个暑假，她罕见地在姐姐家住了十天。到了第七天，姐姐一家人都将自己的不高兴表现得非常明显，因为没有一家主人是真心地希望客人常住的。平时听得那么多的，"常来住啊，常来玩啊"，都是客套话。当你耿直地真正在这儿住下，他们就开始有意见了。对栗子，他们就是这样的心理和态度。

但是这一次，栗子就是把脸皮加厚了几十米，她就是不主动提出来要走，反正她们也不会赶人。"就相互折磨好了，我不高兴，你们也要每天看我的脸色却不能发作，看谁更憋屈。"

差不多二十年的时间，栗子活在讨厌别人的人生里，满身皆是悲愤。她甚至都看不见身边同龄人二十岁的青春是什么样子的。她从不不可一世，从不活得明媚，从不为了自己而活。她性格孤僻，鲜有朋友，也不会爱人，她说因为她从来没见过爱是什么样子，所以也不知道怎么去对别人好，怎么去爱一个人。

125

5

2014 年栗子大学毕业的那年冬天，她拖着一个大箱子回到老家。姑姑在村口等她，石桥还是一样的颜色，小村子也没有太大的变化，但是她发现姑姑变了，变老了。

以前姑姑头发很黑很长，她最喜欢看姑姑洗头发，像瀑布，是黑色的，还很香，姑姑会顶着还没干透的头发往她脸上蹭，逗得她"咯咯咯"的笑个不停。可是现在，姑姑的头发白了好多，像白炽灯一样，很刺眼，看久了会让人想流泪。

以前她长水痘，姑姑会把她裹得严严实实地，背在背上，去别人家买鸭蛋。可是现在，姑姑走路都会稍稍弓着背。栗子走在姑姑身边，笑着说："姑姑你怎么变矮了？"姑姑看着比自己高半个头的栗子说："不是我矮了，是你长大了。"

一句"是你长大了"，栗子听得潸然泪下，也听得羞愧难当。

她像是一瞬间就放下了爱与恨，成了另一个人，就像她八岁那年一天之间的改变。

很多人的成熟与改变，其实只是在某一个瞬间、某一个场景、某一个地点，还有看见的某一张脸。人世间有药石千种，可救死扶伤，却没有一味药是用来普度众生的。

缘起一念，缘灭一念。

所有的努力，只为遇见更好的自己

渡劫的唯一方法是渡心。

众生皆苦，有人念念不忘，却不得回响；有人一腔悲愤，却一声叹息；有人贪恋虚名，却徒劳一场。

世事不常变迁，世人易老去。一个人总要经历过"人生"之后，才会明白其他人都是浮云，所有的恶意，都不值得你去计较。也许二十多岁的栗子，她的人生长度不足以长到可以谈"人生一梦，白云苍狗"的阶段，但至少她经历过的，是我在很多人身上未曾见过的。

像是一个故事，有人觉得匪夷所思，也有人觉得不过尔尔。

我问过栗子："你最难过的一段时间是什么时候？"

"我记得很清楚，是在我最讨厌别人的时候。那时的我，觉得全世界都对不起我，我每天脑海里都会反复播放那些人对我的恶意，包括他们说过的难听刻薄的话、对我漠然的表情、背地里偷偷讨论我性格孤僻。我无法改变，却又实在不甘心，只能像自虐一样，一遍一遍地在心里回想，我每想一次，对他们的讨厌就更深一层，我心里也就越难受一层。

"可是没有人知道，我把自己折磨得面目全非，心理扭曲，别人依旧谈笑风生，我伤不到他们半毫。也许有时候，他们会对我有真心，但是因为我太讨厌他们了，自然而然地就觉得他们的所有言谈举止都是带有恶意和目的的，我没有给过他们好脸色，他们也不会无数次地自讨没趣。所以我的孤独，有很大一部分是我自己造成的。"

所以，大多数人的孤独，本都可以避免。

6

二十年，本应是栗子活得最明亮、最热烈的时光，可是她让"讨厌别人"的情绪遮住了她应有的光亮。

当她终于在亲人的苍老里看到了时间的无情，她也同时看淡了自己的执着。她用了二十年的时间才明白，人生是要为自己活的。所谓的讨厌别人，就像是一种慢性毒药，侵蚀了自己的人生。

现在的栗子，会三不五时地打电话跟姑姑聊聊天，也不会拒绝父母的邀请，对于当年恶语相向的伯伯，她早已记不清他的模样，而对于姐姐曾经的刻薄，她依然记忆深刻，却不会偏执，她也有过曾经的年少轻狂、口无遮拦。

时间在人的身上，是无情的，但也是慈悲的。它可以把爱恨冲淡，也可以稀释悲伤。人的一生，不过几十载，所以啊，有生之年的每一个日子，都应该要快乐，也都值得去快乐。不要让别人妨碍了你本该鲜衣怒马的人生。

你有梦想吧，你也终会找到你所爱的人。短暂的生命，应该是用来追寻爱与光亮的，百年之后，谁会记得你的悲伤，谁又会记得你的快乐，恐怕连你自己都不会记得。那么，时间还在，你还美好。去爱吧，去爱你想爱的人，哪怕遍体鳞伤，铩羽而归；去享受吧，趁亲人犹在，弥补你曾经叛逆、不懂事的岁月；去远方吧，看一看繁华与寂静，为自己安一个勇敢飞翔的翅膀。

你要大声地告诉他们：生命太短暂，我没有时间讨厌你。

愿你身披坚硬铠甲，却心有柔软；愿你百毒不侵，却云淡风轻；愿你一生情绪丰盈，却无忧无虑。最后，愿你在这短暂的生命里，与这个世界尽情地相爱。

有危机意识的人，才能走得更远

梦然从大学毕业，找了份人人都羡慕的工作。

早上十点上班，下午四点没有什么事就可以走了。不用打卡，没有人做考勤，只要不是开会的时候不到，即使一天不去，也没人会在意。

她每天的工作节奏就是，早上十点半到单位，中午十一点吃饭，饭后出去逛一会儿，十二点到办公室。几个女孩子在一起讨论讨论最近新播的热剧以及最时尚的服饰、化妆品，看看表也就三点了。

然后不情愿地打开电脑，象征性地点几下电脑。感觉没有什么心情工作，关上电脑也就回家了。

没办法，谁让梦然的部门是全公司最重视的呢？里面的员工各个高颜值、高学历，跟她们说话总觉得低她们一头。而且工作效率也是最慢，往往一项审批要等上好几天。不过也都不敢催，万一她们有更重要的事情在忙呢。

梦然从来不觉得她效率低，她努力学习了这么多年，把自己培养得如此优秀，就是要能配得上这样一个钱多、事儿少、离家近的工作，一切都是她应得的。也没错，在这样一个小城市，也应当以学历为王，高薪聘请的人才，当然要好生养着。

梦然在这家公司一干就是八年，别人说起来满满都是羡慕。

但是那年的经济危机，让梦然风平浪静的生活发生了转折。那时候，公司的经营状况直线下降，老板召集梦然整个部门的人，寻求解决的对策。

让她们发言时候，她们懵了：经济危机？什么？现在吗？上班悠闲了这么多年，早就对经济局势不关心了。以前梦然在大学的时候，为了以后能获得一份好工作，每天都坚持看新闻联播，早起第一件事，就是刷微博，看新闻。了解国家大事，解读政策信息，她比谁都在行。

可是，新闻早就不看了，微博账号的密码都忘了，现在让她谈什么局势，不开玩笑呢吗？

台下的一阵沉默，让老板火了。看眼自己高薪聘请供了这么多年的高才生，在公司生死存亡之际一言不发，谁能不生气？

都回去写报告吧，公司未来怎么发展，一人交上来一份建议。

老板一句话，可苦了一个部门。梦然她们部门从十点上班，变成了八点上班，下班时间不固定，加班成了家常便饭。双休日慢慢成为单休日，又变成了整月不休。所有员工叫苦不迭，但是只能抱怨。

为什么呢？不敢辞职啊！出去这个公司，以后还能干什么呢？这几年的生活过得太滋润了，自己根本什么都不会啊！

但是很不幸，虽然老板已经很努力，公司还是破产了。梦然她们再次踏上社会，惊讶于现在社会怎么变化那么大。

高学历的人遍地都是了，"90后"们除了学历高、脑子活，点子也灵，创新意识更强。加上从一入学就开始变着法儿的社会实践，跟梦然这群混了八年的"社会人"相比，"90后"都很有竞争力了。

最后梦然选择在一家小公司做了前台，虽然工资少，但是工作不忙。清闲了八年的她，早已经不适应社会上高效率的工作节奏了。问梦然现在有什么感受，梦然说，其实是有点儿后悔的，浪费了八年时间，现在和刚毕业的学生一个级别，心里肯定是不舒服的。如果能重新来过，她一定用这八年时间提高自己，而不是这么荒废。

中国人的思想，往往都是好好学习，竭尽全力找个优越的工作。这倒无可厚非，谁都想追求更好的生活。但可怕的是，当真正获得一份优越的工作时，大部分人会觉得自己完成了终极的追求。一旦这份工作出现丝毫变动，你就会发现，这么多年你都在原地踏步，这份优越的工作反而害了你。

在传统的思想中，好工作，就是轻松、福利待遇好。在目前的社会环境下，公务员、事业单位职员，就成为了好工作的代表。

身边有个朋友，从出生开始，他就已经注定以后要做公务员了。

为什么？因为家里从爷爷开始就是公务员，可以说是根正苗红。在他父母眼中，除了公务员，其他的工作都是没有出息的。

他从小时候开始，公务员就是他的唯一目标。虽然很多时候，他自己都不知道公务员是什么。从上大学开始，他的生活全部被行测、申论包围。同学们聊天的时候，谈起痛苦的童年经历，有人说补课班，有人说被迫学舞蹈、学奥数、学钢琴、学乒乓球。

这些他都没有，他的童年，只有新闻联播。不知道是应该开心，还是不开心。

皇天不负苦心人，他如愿以偿地成为了一名公务员。他的父母高兴坏了，"公务员世家"的名声保住了，儿子有出息了。

但朋友跟我说，从小到大他都没有自己的生活。他喜欢旅游，想出去看看，体验一下不同的民族风情。如果让他选择，他宁可每个城市生活一年，看遍祖国的大好河山。但是这种想法，在父母的眼里简直大逆不道，只得作罢。

朋友的公务员生活开始了，按时上下班，从来不加班。周六、周日和朋友们出去嗨，每年的假期多、福利好，身边的朋友那叫一个羡慕。

刚开始的时候，朋友还记得他的兴趣。只要一有假期，就攒够了钱，全国各地去旅游。既然不能实现那种生活，看看也是好的。慢慢地，他开始觉得在家好舒服啊，大学同学们在外打拼得那么辛苦，每天都要加班到半夜，而他的半夜，还在吃着烤串，看着世界杯。

同学们为了户口而发愁的时候，他从小就出生在这里，土生土长的本地人，户口从来都没变过。

同学们为了买房而四处筹钱的时候，他在老房子里住得滋润，传说这还是他爷爷留下的房产。

这样的生活，一过很多年。前不久再见，朋友早已经不是当年意气风发的那个他了。曾经他是大家眼中的才子，一脸清秀，出口成章。现在的他，戴着墨镜，挺着啤酒肚，打着官腔，一说话就是"来啊，去喝两杯"。

他的生活过得好吗？好啊！这无可厚非。但是，当一个人没有了理想，日子就会变得空虚。轻松的生活，让他用吃喝玩乐代替了远方，真不知道，这该用"事业有成"来形容，还是"碌碌无为"来概括。

大学毕业的时候，考研、考公务员是两条最常选的路。但是，有多少人选择考研是为了逃避找工作，而不是真正喜欢学术研究；有多少人选择考公务员的时候，连公务员是什么都不知道，只是知道它还有个别名叫"铁饭碗"。

九十年代的"下岗潮"还记得吗？当时国有企业也都是铁饭碗啊，一朝失落，还是有大批员工下岗。当年国有企业的工作多优越啊，那些员工甚至以为这辈子都不愁吃穿了吧。但不管什么时候，都没有一成不变的事。

"下岗潮"之后，那年国有企业的衰落，倒是促进了私营企业的急速增长，是意外，也是情理之中。那批被裁下来的职工，有两类人。第一类人在工作的时候，就觉得自己高枕无忧，应付工作就好，其他的时间也就荒废了。这类人，离开了原岗位之后，并没有其他的技能，一般找个能够糊口的工作，勉强维持生活罢了。

第二类人，即使有一份优越的工作，还是不忘提升自己，努力进步。在工作之余，学习一些感兴趣的技能。或者是政治、金融，甚至是音乐、文化，他们不满足自己闲暇的上班时间，而是利用这些时间做些更有意义的事情。

所以即便是经济危机，即使非常偶然的原因，他们失去了曾经非常优越的工作，但他们所掌握的技能，也足够他们再找到一份更加体面的工作。

有人说，那年的"下岗潮"，逼得很多人下海经商，我却不这么认为。真正做过生意的人都知道，做生意就是要做足准备的，有样学样并不能成功。如果不是真正对商场感兴趣，从而刻苦研究的话，即使是当时被迫下海，能成功的也不多吧。

我的另一个闺密，可以说是从小玩到大，她考上了公务员，当上了警察。警察的工作都知道，没有正常的双休日，他们的工作时间就是上二十四小时班，放四十八小时的假。对于她来说，每隔一天就是双休日。

如果她把公务员作为她的职业终点，那简直太轻松了。上班的时候在单位睡觉，下班的两天完全可以赖在家里，或者约上朋友一起聊天八卦，愉快过活。

但是她的生活，却和别人不一样。下班后，稍作休息，她就开始了自己的瑜伽课、古筝课、乐理知识，每天坚持看时尚杂志，关注国内外大事，有时间还在微博写短评，关注的人也不少。最近，她还忙着背英语单词，要准备考研。

我也问过她：为什么要让自己那么累，难道对现在的工作不满意吗？那可是多少人梦寐以求的工作呢。

她说：满意啊，很满意。就是因为满意，才想让自己更好。

还是学生的时候，十六年寒窗苦读，终于实现了她想成为一名人民警察的梦想。现在梦想实现了，才会格外珍惜。习惯了做什么都要做到最好，既然是自己最喜欢的职业，干吗不做到第一。

况且外面的就业局势那么紧张，有不少专业人士都在评论，现在公务员是稳定，但是未来真的会如此稳定吗？以前都说银行的工作好，前几天各大银行裁员 7000 人的消息一出，好多人都心慌了，银行的职员都在担心裁掉的会不会就是自己。

她说，她现在之所以还那么努力，就是要让自己的"铁饭碗"变成"金饭碗"。表现最优秀的职工，即使某一天体制改变了，就算真到了警察都要裁员的一天，她就可以用她的实力，留在她最喜欢的工作岗位上。

而音乐，是她一直喜欢的兴趣爱好。以前上学的时候全力以赴学习文化课，以至于没有时间玩音乐。现在终于有时间，是到了该拾起爱好的时候了。虽然工作很闲，她却有很多事情让自己充实起来。有梦想的人才配谈生活。

这段话有触动到你吗？其实身边不乏这样的例子。大学的时候，曾经有两个老师，据说来自同一大学的同一个研究生专业。两个人入职时间差不多，自然会有竞争，但两者的表现却完全不一样。

老师甲，上课的时候，不管学生听不听，她总归是讲她的。讨好了学生，期末考试的时候，也从来不抓学生不及格，等到学生给老师评分的时候，挨个学生拉选票，每年的分数也很高。

老师乙，从来对学生都相当严厉，课业考试丝毫不马虎，由此也得罪了一些学生。正当学生们为她的教师评分捏一把汗的时候，传出了她考上某名牌大学在读博士生的消息。

这回两个老师不用竞争了，老师乙光硬件条件就赢了。万一某一天学校要裁员了，肯定是要乙不要甲吧，毕竟她能讨好的那些学生，也都是从来不听课的。

如果你现在也拥有一份优越的工作，请认真审视下自己吧。还有哪些方面需要提高，还有什么领域值得探索。优越的工作，绝对不是人生

137

的终极目标。安于现状，就如同温水煮青蛙，毕竟现在的社会竞争如此激烈，逆水行舟，不进则退。千万不要在意外来临的时候，才发现没有能力躲避，别让优越的工作害了你。

成为"厉害的人"的精进法则

1

在大学毕业一年的聚会上，我又见到了阿三。我印象里的她，还是背着双肩包、踩着帆布鞋的大学生。但现在站在我面前的阿三，一身利落笔挺的职业装，一双细高跟鞋走得稳稳当当，手拿酒杯，在各酒桌间推杯换盏，祝酒词张口就来，毫不含糊。

学生时代的同窗看着阿三当下春风得意的样子，毫不掩饰眼里的羡慕之色，直说：她可真厉害啊，又有钱，又有能力，怎么以前就没发现她有这么厉害呢？

我看着那位同学，忽然想起一句话：你看到的厉害的人，并不是你认识他／她的时候他／她才厉害，而是他／她厉害了之后，你才认识他／她。

我们大学专业是金融，毕业后的方向基本是银行、证券、保险这三大块。但是我们不是重点大学，只是个三本院校，所以国企性质的证券公司通常是不会考虑我们的。阿三算是很幸运，依托家里的关系进入了某国企证券营业部上班，与她一同实习的同事基本都是国内一本大学或者是研究生。虽然阿三跟他们成了同事，但在学历这一块，就注定了她跟其他同事的起点不一样，后续升职的机会也不一样。

阿三是个很聪明，也很有自知之明的人。她知道自己胜在喜欢跟别人沟通，也知道自己的学历是硬伤。所以她尽力发挥她的长处，也努力用业绩弥补自己学历上的不足。

刚工作的半年，阿三真的没有休息过一天。每天早上她都是第一个到公司打卡的人，每天晚上也一定是最晚下班的人，甚至周末也会主动要求去值班。她每天都待在营业部，对前来开户交易的客户极尽讨好，在大学的时候阿三就自己创业开了一个小的工作室，专门跟学校的老师打交道，所以讨好人、说好话她是很上手的。对于阿三来说，她唯一可以稍微懈怠的也就是这一点了，因为这方面她不需要再学习。

但是客户开户容易，后期的维护却是极不容易的。阿三住在市里，而很多客户都在县城，他们一旦对业务操作有了不明白的地方，就一定会让阿三上门去指导。其实不只是阿三会遇到这样的客户，其他同事也有，但是不同的是，不论多远、不论多晚，阿三都会自己开车到各个县城亲自上门去指导，而其他同事只会扔给客户一句话："今天太晚了，明天你们来营业部我再教你们吧。"

半年之后，营业部对这一批实习生全部进行转正考核。阿三的业绩排在第一，遥遥领先于他人，其中一位研究生同事对着阿三说："你怎么这么厉害啊？三本毕业的居然能做出这么好的成绩。"阿三开玩笑地说："你是研究生又如何，还不是排在我这个三本毕业生的后面。"

其实按实际情况来说，名校研究生的名头真的能吸引到不少客户，因为你的学历摆在这儿，客户在主观上就认可了你的专业能力，但是维护客户关系却不是一张学历证明就可以长久维护得了的。阿三获得客户的起点低、机会少，但是她的客户却是最有效、最长久的，只是因为她从来不走捷径，单纯地只靠努力。

所以啊，哪有那么多"这么厉害的人"，不过是她能更清楚地看到自己的短板，也愿意比别人多付出努力而已。

就在上个月，我们俩商量回学校参加毕业聚会的时间，她告诉我她已经晋升为营业部的主管，底下带着三个员工。我听得出来，她的语气里满是骄傲，我也衷心地夸她："你真是厉害啊。"

她说这一年，她听过许多人夸她厉害，语气却各不一样，而我是唯一真心实意的。

就在她正式上任主管一职当天，单位另一位老同事就去各个部门为自己抱不平，酸不溜秋地说："哟，这丫头可真是厉害啊，进来不到一年就越过多少老员工当领导了。"说得直白点，就是自己无论是年纪还是经验都比她高，凭什么让一个黄毛丫头爬到他头上。而转过脸，对着她则是一张"真诚"脸："阿三啊，这一批新员工就数你最厉害了，好好干，前途不可限量。"

阿三说她对这样的情况都已经免疫了，刚开始听的时候心里多少还会有点气愤，想要跟对方争论，但后来听得多了，也就不那么在乎了。

因为她发现，让你不爽的人更不爽的事情就是你做得比他更好。

职场上最不缺的就是这样的人，其实阿三作为新员工，算是小辈，对老员工的尊重是起码的，而依阿三八面玲珑的性格也的确做得很到位，但挡不住人心的丑陋和嫉妒。老员工应该是在国企的岗位上待太久了，就忘了这是个业绩决定地位的时代，而不是年资，阿三一年的业绩就远远超过那个老员工三五年的业绩。所以，既然做不出业绩，就该关门反省，而不是仗着年长就理直气壮地嫉妒。

所以啊，真正的厉害，与学历、年龄、资历无关，而与努力的程度有关、与成绩有关。

2

Cherry 家在我家隔壁，我应当叫她一声"阿姐"。在我们那个农村，几乎家家户户都知道 Cherry 的名字，因为她是我们村唯一一个出国留学的人。

Cherry 只有在过年的时候才会回家，而她每一次回家，都会成为村子里小孩的噩梦，因为家长都会趁机教育他们："瞧瞧人家 XXX 多厉害啊，名牌大学毕业，又出过国，在上海高级写字楼里上班。你们也要以她为榜样啊。"

每次 Cherry 听到这样的话，都会沉默。是啊，他们都说她的人生一路顺风，可是她吹过的疾风，只有她自己知道。

Cherry 曾经的大学志愿是复旦。在她的房间里，到现在还留着"杀进复旦"这几个字，那是她高三时用来激励自己的口号。尽管后来，她的人生与复旦没有丝毫关系，但是她还是把这几个字留下来了。她说虽然复旦已经不是她的梦想，但是她每一天都需要有"杀进复旦"那样的决心和激情。

尽管与复旦失之交臂，但她依然被上海的另一所重点大学录取了。只是她在进学校之前把对大学生活的期待更换了，因为毕竟那是为复旦而规划的生活。

在进大学之前，她想象着自己要在复旦她二十多岁最好的年纪里过最好的时光。谈一场恋爱，做其他大学生做的所有事情。但是复旦终究与她无缘。所以她让自己的大学目标变成了伯克利法学院，她也从大一开始就为出国准备。

在同学们中间，Cherry 就像是一个异类，她不逃课，也不谈恋爱，每天上课认真听讲，做的笔记有十几本，每天去锻炼健身，增强身体素质。当然，她这样的结果直接导致了她在大学里几乎没有一个朋友，但是她却是导师最得意的门生。而她的同学们唯一会注意到她的时候，就是在每年的奖学金评选时。因为 Cherry 每年都得国家奖学金，到了大三，已经是连拿三年。

143

Cherry 尽管没有成为复旦的神话，但至少她成了自己所在的大学里的"厉害人物"。同学们一提起 Cherry 的名字，就会说一句："那姑娘，可厉害啊，门门功课第一，年年拿国家奖学金，一看就是读书的料。"

可是哪有人注定是"读书的料"，只不过当别人在谈恋爱，花前月下的时候，她在自习室里苦读；只不过当别人喊着"六十分万岁，多一分浪费"的时候，她在彻夜复习；只不过当别人把"大学不翘课，等于人生不完整"当成座右铭的时候，她在每一堂课上认真听讲。

所谓"厉害的人"，只不过是比起其他人来，更有决心，更有毅力，也更有目标。

大四的时候，Cherry 跟随导师去维也纳参加了一个比赛，在国外待了两个礼拜。等她回到学校时，竟被告之今年的奖学金得主不是她。但是成绩榜上排名第一的就是她的名字。她当即跑到辅导员办公室去问个明白。辅导员说："你都连拿了三年了，这最后一年也该让让位，给别人一个机会。"Cherry 却说："机会是自己给的，奖学金一直以成绩为标准，我是第一，凭什么要给别人让位置？有本事让第二名考得比我高。"

辅导员没想到她会这么生气，当即有点下不来台，就有点不客气地说："你在同学们眼里已经够厉害了，三年的奖学金都被你一个人包揽了，也该知足了吧。名单我已经报上去了，不可能撤回修改了。就这样吧。"

奖学金最后还是落到了第二名的头上，纵使 Cherry 心里有一万个不甘心，却也无可奈何。其实 Cherry 看重的并不是奖金的多少，而是她付出了这么多，她觉得自己就应该获得奖金和荣耀。

在这之后，她变得更加沉默，也更加勤奋、刻苦。

大学四年，Cherry 获得了无数的荣誉，到最后，化成了一张薄薄的，加州伯克利法学院的录取通知书。Cherry 成了学校真正的风云人物。但她的心里却波澜不惊，她已经做好了更辛苦读书的准备。她庆幸的是自己终究还是坚持住了，抱着对梦想的热情，坚持住了。

在伯克利法学院，Cherry 过得很辛苦，比在国内辛苦无数倍。刚到美国的时候，人生地不熟，虽然她英语很好，但一下子要完全融入纯英语交流的生活还是有点不适应。不过她比在大学时开朗，交了很多好朋友。唯一不改的是，她依然每天都会看书看到深夜。有好几次，她看书都看到哭，她说："太苦了，真的太苦了。"

一年半后，伯克利硕士学位授予典礼那天，她坐在学校露天大礼堂内，听着院长宣读毕业寄语，看着身旁一位位同学依顺序走上舞台，领取那张学位证书。那一刻，她的心里就像是被沿海的台风扫过，轰轰烈烈，可她就这么静静地坐着，没有让任何一个人知道。

她想起了自己看书看到大哭的日子，也想起了被别人夸"你真厉害"的时刻，她此刻唯一的感受就是梦想终于成真。梁启超有一句话被无数文艺青年引为信条，叫"十年饮冰，难凉热血"。我想把它用来形容 Cherry 再合适不过。

她真正厉害的地方不在于她有多少荣耀，而在于她有多么坚持。

3

我们见过的那些"厉害的人"，表面上好像做什么事情都不费吹灰之力，手到擒来，但他们背后付出的艰辛，却不一定是我们能够承受的。

我们对他们也时常心怀羡慕，渴望成为如他们一般"厉害的人"。但也有更多的人，在自己蝇营狗苟的生活里，不想付出，却到处询问那些"厉害的人"成功的秘诀。

其实成为"厉害的人"，哪有什么法则，如果真要说有，那也该是努力、坚持、不失本心。

"厉害的人"，往往能正确、勇敢地认识到自身的不足，并通过努力，一点点去弥补自身的不足；

"厉害的人"，也总是习惯在人群中沉默，不吵、不闹、不喧哗，埋头前行，心有远方；

"厉害的人"，对于别人的闲言碎语，或者意见，常常都是当作建议，而心中却有坚定的意志；

"厉害的人"，从没有走过捷径，也不屈尊讨要所谓的"秘诀"，只是心怀热忱，不忘初心。

我们应该知道，自己努力做的每一件事，都一定会在日后开花结果。

这世上从来没有一个"厉害的人"是过得轻松且自在的。

我也曾问过阿三，一个女孩子被客户随叫随到，难道都不会担心安全问题吗？她的回答是但求足够努力。

Cherry 也曾说过："人人都觉得我读书很厉害，但我一定要足够努力、足够勤奋，才能让别人觉得我方方面面都很厉害。"

正因为有了努力的底气，所以她们能坦然接受别人的欣赏和羡慕，也能安然自若地面对"你真厉害"的赞赏。

我一直相信，"厉害"是没有捷径的。从来没有谁的梦想可以一蹴而就，也没有谁可以一夜成名。你能做的，你该做的，就是在人生的每一个阶段都设有小目标，做好小规划，并且脚踏实地走好每一步。

147

有时候，你的忙碌只是为了掩饰缺乏思考

1

在当老师的时候，班级里有个同学，人们都叫她"小勤奋"。能够取这样的绰号，真的就是因为她热爱学习了。从早到晚，就没看见她的眼睛离开过书本。

早上六点起床，本来已经觉得高中的教育就够惨绝人寰了，六点半起来跑操，六点就得起床。但是寝室的同学却从来看不到"小勤奋"的身影。因为人家早在五点的时候，就已经起床背单词了，在食堂寥寥无几的身影中，一定有她一个。

下课呢，等其他同学飞一般跑到操场上，清醒清醒头脑的时候，"小勤奋"还在教室里，一如既往地翻着她的参考书。不得不说，她的参考书非常的多，几乎全城的参考书都被她买遍了。她就这样坐在教室里看啊看，有时候一动不动一坐就是一天。

体育课，她从来选择不上。对于她来说，除了文化课，其他都是没有用的东西，不能浪费任何时间。但是她却热衷于班级干部的选举，她是生活委员、历史课代表，她觉得这些都是对她能力的一种锻炼，至于

到底是什么能力，她也说不上来。

她是老师眼中的好学生，同学们也把她当成榜样，一遇到事情就说："我要有 XXX 的意志力，我早就……了。"

不过，这句话大多数不是褒义，因为"小勤奋"的成绩很差。

我一直感觉这是违背常理的，一个非常努力的孩子，却得不到她应有的成绩，这不科学啊。可事实就是，"小勤奋"除了她最爱的历史课外，几乎门门功课都挂红灯。

这让"小勤奋"也非常苦恼，有一天她到我办公室哭诉，说她那么努力，为什么得不到应有的成绩。

确实是啊，我问她：为什么考试的时候那些题目都不会呢？是因为紧张吗？

不是，是背了多少题都不会啊。考试的时候，总是遇不上做过的题，分数自然就低了。

为什么要遇见做过的题呢？你不会解决方法吗？

"小勤奋"低下了头，呢喃地说她不会。

成天到晚的学习，"小勤奋"到底学习了什么呢？

长谈后才发现，不是"小勤奋"笨，而是她的学习方法出现了问题。

早上起来背单词，好不容易从床上挣扎起来，自然精神不佳。她为自己定的目标是，每天五点钟起来背单词，至于怎么背，背了多少，就不一定了。有次早上起来，她一边背单词，一边发呆，最后发现自己一个单词也没看进去。

而且"小勤奋"背单词的方式大多是死记硬背，不记任何规律。同学们互相分享的记忆单词的方法她也从来不听。她总是觉得皇天不负有心人，只要她每天早上坚持五点钟起来，她的努力就不会被辜负了。

把学习成绩交给老天？我还是第一次听说。难道老天感动于你的努力，就会让你的成绩进步吗？

而其他学科，"小勤奋"也延续了英语的学习方法，就是一个字：背。语文、历史、政治这些学科还好，把整本书背下来，总是有分数可得的。但是数理化就惨了，根本不讲究任何解题方法，一门心思的就是背，那怎么可能取得好成绩呢？孩子啊，怪不得你这么累，你得有多好的运气，才能在考试中碰见连数字都一模一样的原题啊。

这种死记硬背的方式，只对一个科目奏效，也就是目前"小勤奋"最擅长的科目。你猜对了，就是历史，因为历史轻易是没有变化的啊！

"小勤奋"学习差的原因是显而易见了。班级里几个不学习的孩子，总是喜欢投机取巧。做题的时候，为了能够应付，自己在那儿琢磨万能公式。为了能够上一堂体育课，可以一节课把所有的数学题都赶出来。为了能够考些高分，想方设法地做小抄。

现在看来，那些熊孩子们一节课的效率，都能赶上"小勤奋"十天了吧。

听完"小勤奋"的故事，你可能会觉得这孩子简直傻透了，不知道做题是需要解题思路的吗？怎么可能就一直那么背题！不知道思考，再做多少努力都是无用功啊！

别急，孩子不知道思考，会用"年少无知"来形容。但是，现在正在忙碌的你，就真的比"小勤奋"懂得方法吗？

2

露露来这个公司已经五年了，整天忙得昏天暗地，几乎公司的所有大事小情都是她来处理。本来自我感觉特别良好，但是前不久她知道了一件事，心情马上不美丽了。

在她之后来的一个"90后"的女孩，突然被提为经理了，是跳一级的提拔，而她，还是那个普普通通的小职员。

露露一听到消息就火了，凭什么啊！她俩谁先来的啊，谁承担的工作比较多啊，谁每天加班比较晚啊，公司怎么这么没良心！就因为那个小姑娘比她漂亮？

露露越想越生气，觉得公司老板就是有眼无珠，就是色迷心窍，从此全都变成了抱怨，有天终于沉不住气了，就向老板说出了她内心的想法。

她每天付出了那么多辛苦，每天都在加班，难道老板看不见吗？

"你是每天都加班，"老板说，"但是你加班完成的工作，和其他员工一样啊，并没有什么和其他员工不一样的地方。"

也对，露露每天早上从来到单位开始，就做着日复一日的事情。收发邮件，确定工作内容，然后按照工作流程将工作一一落实，几乎没有一点儿差错。她秉性的原则就是，老板交给我什么工作，我就做什么工作。积压的工作多了，她只好选择加班。

但是这有什么错吗？多任劳任怨啊！别人在家吃美食、看韩剧的时候，她还在公司挑灯夜战，每每到这时候，她都觉得自己实在是太敬业了。

她每天从早忙到晚，几乎没有休息，将自己的工作完成得特别好。就这样，她坚持了五年，难道不比那个"90后"女孩子更应该升职加薪吗？

老板没说话，拿出了那个"90后"女孩子的周报。她们公司是做周报的，每周都上交给领导，但是他们彼此都没看见过别人的，难道"90后"女孩的周报和别人的不一样？

露露打开了周报，认认真真地看了下去，这才发现其实"90后"女孩跟她的工作真的是不太一样。在报告中，她甚至看不出来"90后"女孩的工作量，但是满满的全是工作方法。

上面详细记录了在从事哪项工作的时候，遇到了什么问题。或者是在做哪种工作的时候，她觉得不合理的流程，并在后面附加了详细的改进意见。

就比如说上周，她们在吃饭聊天的时候，就是有一项支出申请单，需要签字的流程太多了，虽然支出申请单的数额很大，但是属于常规性支出项目，每个月只需要缴纳一次费用即可。这项支出申请单，需要部门主管、部门经理、区域负责人、总经理、总负责人、总裁、董事长七个人签字，而这七个人，从总经理以上都是弹性工作时间，很难找他们一口气签完所有人的名字。大部分时间都需要等，这就浪费了人力、财力。

想当初这个事情还是露露最开始抱怨的，就是因为上次总裁迟迟不来，她每隔半个小时都要到总裁办公室门口看一眼，而总裁终于签字了，董事长却又没来。一个小小的签字，不仅耽误了时间，还影响了工作的心情，导致她其他的工作没时间做，昨天甚至加班到了十点。

抱怨了一下，这件事也就过去了，没想到那个"90后"女孩却放在了心上。她把他们部门所有固定支出都列出了一个单子，每月几号需要支出，都是什么款项，用途是什么，总金额是多少，制成了一个完整的表格。月初的时候，拿着这个表格走一次流程就好。甚至她还建议，如果基础款项中，当月没有额外支出的话，甚至出纳直接就可以支出。简化了这个流程，会节省不少时间。

在周报中，露露还研究了她当周做的一些工作，分析了一些她在工作方面的心得。没想到，那些心得还真给了她一些工作思路。后来，露露每做一件事情的时候都在思考如何简化流程，寻找最佳的工作方案，力求提高效率。平时需要她加班才能完成的工作，经过简化，居然很快就可以完成。这样，露露的工作效率提高了好几倍，自然也就为公司做了不少贡献。

在一个公司中，工作最忙的，不一定是贡献最大的那个。相反的，整天在旁边喝咖啡、琢磨事情的，却有可能是工作效率最高的一个。一味地忙碌，注定你只能做那些琐碎的事情，而且那些重复的工作，往往会把你压得喘不过气来。

而有些人，不是只会工作，他们善于思考，用一切方式将工作流程简化，这样既轻松了自己，也让工作变得更加有效率。

所以有时候，你的忙碌只是为了掩饰缺乏思考。

小孩子在做题的时候缺乏思考，不懂学习方法，只会一味地背题，这种情况尚可理解；但是既然已经是成年人，具备了独立思考的能力，还在不停地忙碌，从来不去思考，那么这个人的人生，也只能是一种低效率的人生。

所有的努力，只为遇见更好的自己

以前上班的时候，因为家里距离单位不算太远，所以我选择了步行。上班族都知道，最痛苦的时间就是早上，要让自己从甜甜的梦境中清醒过来，狠心地奔向工作岗位。有的时候稍微赖一下床，就要面临吃不上早餐，或者是迟到的风险。

刚开始上班的时候，我从家沿着马路走到单位需要十五分钟。走了两天我发现，走到第一个岔路口的时候，还有另一条路，只是不知道能不能通向单位。有一天我尝试了一下，嗯，不错，果然比以前的道路近了一点儿。

又走了两天，突然想到，单位的写字楼楼下是个大型商场，直接从商场里穿过去，会不会更近呢？于是第二天走了过街天桥的时候，我并没有像往常一样走地面，而是走到了地下商场，果然不出所料，地下商场和写字楼的停车场是挨着的，直接就可以通向楼上写字楼。而且负一层比一层等电梯的人少了很多，又节省了一些时间。

最后我从公司到单位的时候，缩短到了至少十分钟。以前还有二十分钟的时候，我要加快脚步，赶紧跑向单位；而现在，我能优哉地走到单位，还可以在地下商场买一份早餐。

不是只有忙碌才叫努力，有种通往成功的捷径，叫作思考。

从现在开始，停下手中的忙碌，重新思考你的工作吧。你重复的工作有多少，你将怎样合并它们，你什么时间段要完成多大的工作量，闲暇的时间如何利用，怎样提高你的专业技术水平，你要在多长时间内达到怎样的职位和薪资水平，为此你将要付出什么努力，达到什么目标。

生活亦是如此，你只知道日历一页一页地翻过，但你思考过生活吗？你到底要的是怎样的一种生活？是安定的，还是拼搏的？是每天整理家务的，还是努力赚钱的？

你可能经常听全职太太的朋友们提起，她们实在是太忙了。具体问她们在忙什么，她们往往说不出什么，最后就落到了一句"瞎忙"上。就在"瞎忙"中，日子也就过了，人也老了，还没来得及实现梦想，还没来得及享受生活，就在忙忙碌碌中，稀里糊涂地过完了一生。

千万不要用忙碌掩饰你的缺乏思考，不论是工作还是生活，思考总会让你更加优秀。

学会自我心理暗示，倾听来自内心的强大声音

在日常生活中，你没有这样一种感觉，只要你特别担心一件事，害怕它发生，每天都在想最可怕的结果，最后这件事情却真正地发生了。

你觉得真神奇，这就是所谓的"第六感"吧。不一定，这也许是你强大的自我心理暗示的作用。

这是科学无法解释的现象，也可能是人类强大的磁场本身如此。当你做成一件事情的意愿足够强烈的时候，往往事情就会朝着你期望的方向发展。心理暗示能够最大限度地激发人们的潜力，这种暗示是实现梦想的一个好伙伴。

早上起来，对着镜子微笑，那么你就会精神抖擞，开启美好的一天；早上起来，总想着昨天失眠的自己，看着镜子里的黑眼圈，注定一天都是不开心的。这个场景经常发生在生活当中，其实我们每天都在给自己心理暗示。

曾经有人做过一个实验，这个实验叫作"死亡体验"。让一个志愿者躺在床上，将他的手臂伸向一个黑匣子里，遮住他的视线。工作人员在他的手臂上划了一道，并告诉他，现在已经切开了他手上的静脉，不

久他就会鲜血流尽而亡。

整个屋子都很安静，志愿者只能听到自己血液的嘀嗒声。他感觉他的全身都在抽空，全身的血液在慢慢地流干。随着时间的推移，滴答声越来越清楚，他觉得身体越来越重，意识逐渐模糊，死神正在降临。

而身边的医疗数据显示，该志愿者各项生命体征也在逐渐地衰竭，濒临死亡的边缘。这时候，工作人员拿开了挡住志愿者视线的黑匣子，志愿者顿时惊呆了。

他的手臂根本没有任何伤痕，那些传来的嘀嗒声，不过是旁边点滴瓶子的针头，滴到铁盆的声音。志愿者以为的割腕，其实是完全不存在的。

结果非常有意思，为什么志愿者整个身体都呈现了衰竭的状态呢？

听实验的志愿者说，他们躺在床上的时候，只能听到滴答声。当时他们唯一的想法就是，完了，我要死了，身体里的血都流光了，我活不下去了。在这样的心理暗示之下，身体的各项体征居然都出现了问题。

这是心理暗示的可怕，同样也是心理暗示的强大。

现在死亡率最高的疾病，当属癌症了，也是现在的不治之症。事实证明，癌症是可治的，大部分癌症都是可控，甚至是可治愈的。但是实际情况却是，得癌症的人大多数会走向死亡。

为什么呢？有句话说，得癌症的人大多数都不是病死的，而是吓死的。身边有很多得了癌症的例子，即使已经得病了很长时间，但是当事人并不知情，生活还像往常一样进行，活蹦乱跳得根本就不像有病的样子。

　　一旦知道自己的病，不管在什么时候，都多了很多顾虑。随时随地惦记着，自己是一个有病的人，自己和正常人是不一样的，这种强大的心理暗示，往往是最后造成悲剧的最根本原因。

　　我有一个朋友的父亲，一直都是一个乐天派。退休之后，就在家养花养草，生活得好不惬意。但是在某天，就当他父亲在和别人下象棋的时候，突然晕倒，旁边一起下象棋的朋友，连忙把他父亲送进了医院。

　　朋友挺着急地赶往医院，他父亲的身体向来都很好，怎么会突然昏倒了呢？等他到了医院的时候，父亲早已经醒来。朋友焦急地询问病情，医生说并无大碍，只是最近他父亲的睡眠质量不太好，导致身体有些疲劳。

　　朋友悬着的一颗心放了下来，但毕竟父亲年纪大了，他想再询问一些关于老年人养生的注意事项。医生怕他们的交谈吵到其他病友，就叫朋友到办公室里来。

　　医生很热心，朋友也问了很多，看来父亲的身体以后会是家庭的重心了。虽然这次晕倒没有什么大碍，但是也应该引起足够关注。从那次出院回家后，朋友就开始特别关注父亲的身体，一日三餐的饮食、膳食营养的平衡搭配，他都快成了行家。但是他怎么都没有料到，这种精心照顾，却成了父亲的心头病。

以前，他父亲虽然有七十多岁了，但是每天都去逛公园，走个三五公里都不费劲。那次从医院回来之后，他父亲动也不愿意动了，整天窝在家里，更是感觉全身上下也不舒服，总是怀疑自己得了什么大病。

短短半年，他父亲就接连被确诊有脑血栓、高血压、心脏病和糖尿病等一系列病征。自此，他父亲和以前生龙活虎的模样简直判若两人，整日在床上躺着，盖着个大被，萎靡不振，再也没有了之前的精气神。

朋友看着父亲现在的情况，非常心急，怎么也想不通为什么一向健康的父亲，突然就变成了这个样子。就在某天晚上，吃过晚饭，朋友看父亲的心情不错，就和父亲谈起心来。最后才发现，原来这一切都是因为最开始的那次晕倒。

从父亲的角度来看，突然晕倒，肯定预示着已经得了某种疾病。加上那天，儿子和医生谈了两句，然后就被叫进办公室了。他父亲就笃定，他的病已经严重到不让他知道了，自然也就灰心丧气。

从办公室出来，儿子也只是简单地安慰他两句，并没有确切地告诉他是什么病，这让他更加坚信自己的病已经很严重了。从医院回来之后，儿子格外注意他的健康，就更验证了他的怀疑。他总是觉得，自己的头每天都晕晕的，好像随时都要晕倒。恰好隔壁家的邻居得了脑血栓，他父亲一询问，立刻感觉自己也得了这个病。

所有的努力，只为遇见更好的自己

所以他父亲每天都沉浸在这种担心中，没想到过了一段时间，还真检查出来这种病。疾病被坐实了，他的心情更加沮丧了。整天待在家里不出门，就想着自己身上又哪儿疼了，又可能得什么病了，在这种强大的心理暗示下，精神压力越来越大，导致身体健康每况愈下，自然也就从一个精神的小老头变得如此萎靡。

　　朋友跟我说，其实他挺后悔的，如果当时第一次在医院，他就和父亲谈清楚，告诉父亲其实他没有病，只要坚持锻炼身体，一定会非常健康，可能事情的结局就会不一样了吧。

　　由此可见，心理暗示的作用的确不容小觑，如果把这种作用用在实现梦想上，那么，任何事情都会事半功倍，你也会练就强大的内心。

　　小贝在我们这群朋友心中，就是天才般的存在，似乎没有什么事情是他做不到的。据我们所知，小贝三岁就能够算一百以内的加减乘除，还认识了部分汉字，五岁的时候，家人托了关系，就已经上了小学了。然后小学跳了三级，初中跳了两级，我们在大学遇到的时候，他比我们整整小了七岁。

　　也就是说，在我们刚刚上初中的年纪，这小子已经读完高中的所有课程，上了大学了。更让人难以接受的是，他的学习成绩还那么好。上了大学，英语四六级不在话下，在我们一次次考四级后，人家早已经准备雅思；在我们奋战六级的时候，他已经学了半年的德语。而且，他年年都是奖学金的获得者，优秀得没有天理。

就当我们把这一切都归功于天赋时，他却不乐意了。按照他的话说，天赋可能占一部分，但是他后天的努力，也决定了他现在的成绩。

有次我问他：这样不累吗？明明年纪还很小，却要承受比自己年龄大那么多的哥哥姐姐们所学习的内容，即使头脑很聪明，那也会是非常累的吧。

小贝说：有的时候确实很累，但是，就像有人喜欢上网，有人喜欢打游戏，而追求知识，就是我的兴趣。人在做自己感兴趣的事情的时候，可以像有句话那么说：痛并快乐着。

那你会不会有的时候，觉得课业太难了，或是课程太复杂了，根本不是你这个年龄所能学习的？你打过退堂鼓吗？

说没有都是假的，小贝告诉我，他最引以为傲的，不是天才般的学习成绩，而是他强大的心理暗示。别人都觉得他年纪小，而在他的观念里，他的想法就是，学习内容和年龄大小无关，既然我们都长着一样的大脑，那么不管什么年龄能学习的知识，他也能学得会。

在别人的眼里，他可能就是个小孩儿，但在他的心里，却永远给自己暗示：我和别人没有什么不一样。只要努力，就能够得到想要的东西。就这样，他凭借他的兴趣和毅力，加上他所具备的天赋，顺利完成了在别人看来根本不可能完成的事情。

小贝说他记忆最深的一件事，就是参加一次全国性的数学比赛。那场比赛不分年龄，通过初赛即可参加。他当然也就成为年龄最小的参赛者。与他共同比赛的，最大年龄有四十多岁的。也就是说，他老师能力水平的，也可能和他同场竞技。

　　如果小贝盯住实力悬殊这件事情不放，那么他肯定就是输定了。他说就算现在想起来，他的心还是紧张的。当时在赛场上，他始终告诉自己，不管结果如何，只要他参加，就是好样的。即便那些老师们比他知道的理论知识多，但是解题太多了难免会形成定式思维，而他的思想开放，这是他最大的优势。

　　比赛开始了，题目还真不算简单。那场比赛下来，小贝心里一直在念叨着：这道题我会，这道题我曾经做过，我可是读过了 XXX 本书，我一定会取得最后的胜利。这种心理暗示，给了他强烈的信心，结果虽然不是冠军，毕竟那场比赛高手云集，但是以他的年龄，他的名次已经是奇迹。

　　不要以为别人都是天才，而你毫无才华。不管是才华横溢，还是胸无点墨，任何人在追逐梦想的时候都会犹豫，在遇到困难的时候都会害怕，在面对众人的时候都会紧张。决定事情成败的关键在于，当你犹豫、害怕、紧张时，你是很坚定地认为自己最棒，还是懦弱地说：不行，我不行。

　　没有成功的勇气，就不配拥有王者的桂冠。在追梦的道路上，这是你一定要学会的技能，就是时刻的心理暗示。倾听来自内心最强大的声音，可以给你成功的信心，这是实现梦想必不可少的条件。

我们每个人，可能都曾经是小贝。在年少时，都毫不畏惧过。因为不知道事情的后果如何，也没有别人添油加醋地渲染你要面对的事情，有多么的难以成功。你在心里告诉自己，完成一件事情就是小菜一碟，那么，事情就会变得如此简单。

随着我们的成长，看过的、经历的事情越来越多，对于一件事的考虑也变多了。完成一个目标，总有千百万个困难让你退却，有千百个理由让你放弃，很有可能，最后就真的放弃了。现在如果拿出小时候做事的信心，那没有什么事情不能成功。

竞聘时，发自内心地告诉自己，你是这个岗位的不二人选；
比赛时，一遍又一遍地提醒你自己，这个冠军，非你莫属；
演讲时，坚定不移地暗示自己，这里，就是你一个人的主场。

千万不要低估心理暗示的力量，只有你认为你自己是强大的，你才能有足够的信心成功。信任，首先是自己给自己，然后才能是别人给你。想要实现梦想，那么现在就开始试着学会心理暗示吧，你的内心足够强大，你才配得到最后的成功。

你真的需要花这么多时间在朋友圈吗？

朋友圈是个好东西啊。

你足不出户，待在小镇小村里一刷朋友圈就能看到今日的社会热点是什么；你百无聊赖，在朋友圈刷上十分钟，段子千千万，总有一条能戳中你的笑点，排解你的寂寞空虚冷；你数年未联系的旧友，你在他/她的朋友圈下面送上一个赞、一个评论，瞬间就连上了你们断了多年的感情。

很多人应该都有这样的习惯：以前每天睁开眼第一件事就是刷微博，有种"朕阅奏章"的即视感，现在睁开眼第一件事就是刷朋友圈，尤其是当朋友圈那个红点出现的时候，心里的那股求知欲瞬间喷薄而出。

或者说，是想要窥探别人生活的心情显得迫不及待。

而那些成天刷屏般发状态的人，他们生活的大半时间都用在朋友圈里，毫无保留，迫不及待地向好友展示自己的生活状态，或好，或坏。他们才不管看的人心情如何，因为对于他们而言，朋友圈是他们的私人领地，是宣泄心情的好地方。

1

高中同学晴子大学毕业，跟老家一名初中毕业的富二代结婚了。

两人刚开始谈恋爱的时候，晴子每天起码会在朋友圈发十二条以上的秀恩爱图片。她用成吨的"狗粮"告诉曾经反对过他们的人，即使学历不同、社交圈子不同、三观不同，只要相爱，那些都不是事儿。

结婚后半年不到，晴子便怀孕了，原本的工作也因为怀孕而辞去了，整天待在家里，说得好听是安心养胎，说得不好听就是无所事事。她老公每日里忙着打理生意，家里又请了保姆来照顾她的生活，她每天真的是除了睁开眼就是闭上眼。

在这几乎每天无事可做的情况下，她发朋友圈发得更勤快了，但却不再是秀恩爱，而是抱怨、发牢骚。

圈子不同，不必强融。

自己选择的路，跪着也要走完；自己选择的人，再苦也要过下去。

为什么我会变成今天这个样子？如果我当初没有选择你，该有多好。

现在才慢慢懂得，老人言都是一步步走出来的经验，只怪自己太年轻。

这不是我想要的爱情，不是我想要的婚姻。

……

诸如此类的言语，成了晴子朋友圈的日常。

她发第一条这样的状态的时候，底下的评论没有上百也有七八十，一个个问号脸好像要透过朋友圈投放到她面前。而晴子居然直接跟评论的人在朋友圈下面聊开了。

后来第二十条、第三十条这样的状态底下，回复的人已经寥寥无几了，看客也都喜欢看新鲜的东西，她千篇一律地发一样的内容，传递出来的都是婚姻不幸、怀疑生活等负面情绪，大家早就见怪不怪了。朋友圈的大多数同学都是在外面辛苦赚钱的人，不像她在家当少奶奶，闲得发慌就怀疑人生。大家每日辛苦上班，再看这样负能量满满的东西，谁还会有心情去关心她过得好不好？只恨不得赶紧将她屏蔽，去看点缓解心情的趣事。

所以，何必将自己的不幸赤裸裸地摊开放在大众面前？或许她本想求得一丝安慰，没想到却徒惹了一身嫌弃。

有一次她跟她老公吵架，说她老公婚后变了，都不知道关心她。她老公就只说了她一句无理取闹，便忙着应酬去了。她就像一拳打在棉花上，心里憋了老大一口气，想发发不出来。

尽管心里生气，她也没有像农村妇人一样破口大骂，保持住了她认为大学生应有的姿态。可是转眼她却一声不吭地在朋友圈发起了攻击。把当天跟她老公之间发生的事添油加醋地发在了朋友圈。

她没有当着公婆、老公的面发飙，但却在朋友圈把婆家、老公贬得一文不值。她的朋友圈好友里包括她婆家的所有亲戚，她那条状态一发出去，所有人包括亲戚、朋友都知道了她老公变心，不管怀孕的妻子，她婆婆宠溺儿子，忽视儿媳。

她老公的舅舅当时就打电话给她，说：你这像什么话，有什么事情不能关起门来好好说，非得搞得人尽皆知。天天说自己是大学生，连起码的沟通、尊重公婆都不知道，赶紧把朋友圈状态删了。

晴子挂了电话之后，非但不删，又发了一条朋友圈，大意是"果然不是一家人不进一家门"之类的讽刺言语。

然后，重点就来了。

她老公在她朋友圈底下破口大骂，什么难听的脏话都使出来了，俨然这不是他妻子而是一个刁蛮任性的泼妇。晴子哪儿是省油的灯，正愁没地方发泄呢，当即就把朋友圈当成了战场，夫妻俩唇枪舌剑，你一言我一语地吵得不可开交。

晴子这个时候大概早已忘了自己不能像泼妇一样有失大学生的身份。她不过是换了一个地方，换了一种方式撒泼。

可是很奇怪，她跟她老公在朋友圈掐了这么一架之后，她的心情竟然变好了。

后来我问晴子："为什么你要这样公开说你婆婆、你老公的不好？他再不好，那也是你们的家事。"

晴子说："他那个人根本就没法沟通，跟他讲道理就相当于对牛弹琴。我就是要发在朋友圈，让他所有亲戚都看看他是什么样的人，是怎么担当一个丈夫和父亲的角色。我怀孕这么辛苦，他一点儿都不体谅我，还怪我日子过得太闲才想太多。再说了，我的朋友圈是我自己的地方，我想发什么就发什么，只有把心里的不痛快发出来了，我才能痛快。那天我跟他在朋友圈下面的互掐足足有 50 条，这让我觉得还是有人把我当回事的，掐完之后我浑身就舒坦了。"

我对晴子说："你整天把那些乱七八糟的情绪发在朋友圈，一天到晚捧着个手机在朋友圈里吐槽，你老公每天在外面辛苦赚钱，你比其他怀孕了还要辛苦上班的人不知道幸福多少，你还不知足。你在朋友圈里那样数落他，跟他对骂，无非就是为了引起他的注意。可是这又让多少人白白看了笑话。你要是实在觉得孤单、不高兴，你可以跟他面对面地沟通，他不是别人，他是你的丈夫。你们本该是无话不说最亲密的人，现在却被你折腾成了陌生人。

"其实在那段时间，我们整个高中圈里的人几乎都在讨论你的家事。原本是你自己的家事，为什么一定要闹到朋友圈里成为别人茶余饭后的谈资呢？

"你要是真的觉得心里憋得慌，你就在朋友圈设个私密权限啊，这样你既宣泄了不满，也不会被别人说。或者其实你根本就不是单纯地想宣泄，你只是想要站在'受害者的角度'，你是真的太闲了，就想让别人来关注你。"

她听完一言不发。

从那之后，晴子一夜之间隔绝了朋友圈。

晴子把手机扔在一边，给自己找了一些事情。

她会约老公在晚饭后绕着村里散步，村里空气好，适当运动对胎儿也有好处，她老公也欣然应允，两个人好像又找回了当初谈恋爱时的心情。

她也会帮着婆婆处理一些事情，虽然她开不了口为之前的事向婆婆道歉，但看着婆婆为她怀孕忙前忙后的，她也觉得十分感激。

她还会约几个朋友一起到商场里去淘婴儿用品，慢慢地学着做一个母亲。岁月静好到让人真正对她生出羡慕。

其实除了真正在朋友圈做生意的微商，那些成天没事抱着个手机狂刷朋友圈的人，大多是闲的！

因为无所事事，所以才会围着朋友圈转；因为百无聊赖，所以才会逮着一个评论就两眼放光，大聊特聊；因为没有目标，所以才会生出那么多乱七八糟的情绪。

2

跟晴子不同，Lily 待在我的朋友圈里三年，发过的状态条数三年加起来都不超过十五条。我每次找她聊天，她都只会在晚上十点以后回复我，因为她真的是很忙。

Lily 在一家留学机构工作，她的英文非常出色，分到她手上的单子排满了她一整年的工作计划表。除了晚上和法定节假日能休息，其余的时间全部都交给了工作。而节假日里她也没有时间去刷朋友圈，因为她要约会。

跟朋友一起逛街、买口红、买衣服、买包包，翻遍城市的大小角落找最地道的美食；跟男朋友窝在小公寓里享受假期难得的二人世界；陪父母烹茶、下厨、聊天。

她的生活安排得满满当当，没有多余的时间拿出来分给朋友圈里的百态人生。就算偶尔工作上、生活上有稍许不如意，她也从来不会想到在朋友圈发个状态求安慰，只是默默地调整好心态，把工作做得更好，把生活经营得更精致。

我曾经跟她说："你不关注朋友圈，自己也不发朋友圈，你跟相隔千里的朋友不会就此疏远吗？你心情不好，难道你就不想发泄出来吗？"她听了这话，脸上露出不可思议的表情，反问我："难道朋友之间的感情脆弱到要靠朋友圈来维持了吗？难道我疏通糟糕情绪的唯一方法就是把情绪当成一条状态发在朋友圈让别人评头论足，让自己的坏情绪去影响更多人吗？"

她说："我想我的朋友了，我可以打电话啊，不然电话买来干吗，为了注册一个微信账号吗？我也可以在假期买张票去找她们，与其在朋友圈里看她们假期的照片给她们点赞，还不如去找她们，亲自给她们一个拥抱。我跟谁闹矛盾了，我完全可以跟她解释，当面沟通，何需通过朋友圈。

"我工作的时候忙得脚不沾地，休息的时候也有赶场似的约会，我哪里有时间去朋友圈里找那些虚无缥缈的点赞和安慰呢？"

我想这是我听过的关于朋友圈最赞的回答。

想想的确是这样，若不是心里空虚，身边关系荒芜，谁又会平白生出那么多情绪？谁又会翘首以盼上一条朋友圈状态的回复有多少？真正内心丰盈的人，才不会整天在朋友圈上演"活心理戏"，也不会因为别人的一个点赞或一句评论而让心情来回变化。

很显然，之前的晴子正是前者，而 Lily 自始至终都是后者。

晴子在朋友圈花费了那么多时间，归根结底还是因为内心虚无，所以把情感寄托在朋友圈里的一个个点赞，一条条看似关心实则看热闹的评论里。结果，她不但把生活过得一塌糊涂，朋友圈亦惹人嫌弃。

而 Lily 呢，她几乎没有花多少时间在朋友圈。她不需要别人的点赞，她把时间都用来经营自己的生活，所以她得到的丰盈和赞赏都是真真切切的。

所以啊，我们应该做的不是看朋友圈里别人的生活状态，也不是把大好时光放在虚幻的网络社交平台上。而是要多给自己定几个小目标，慢慢地，一个一个去实现；多看看、多陪陪身边触手可及的亲人；多看书，多学习，多旅游。只有当你知道了世界有多大之后，你的世界才不会只局限在小小的朋友圈里。

问一问自己，你真的需要花那么多时间在朋友圈吗？

如果朋友圈能把你从充满麻烦的生活里解救出来，那为什么你看过了那么多道理和鸡汤之后，依然会发出一条条"空虚"的状态。

或者你可以试一试把用在朋友圈的时间分一些到你的生活里，试一试为自己的人生做一次规划。当你的内心在经营生活的同时变得坚定而沉稳，你才能真正过好这一生。

追求诗和远方，也享受眼前的苟且

友人告诉我，她想象中的生活，就应该是面朝大海，春暖花开。在海边拥有一所大房子，落地窗让阳光照满整间屋子。每天睁开眼睛，第一眼看到的就是望不到天际的蔚蓝。在慵懒的下午，舒服地躺在摇椅上，晒着阳光，品着咖啡，细细品味生活中苦涩的香甜。

可以看得出，友人非常注重生活品质，不肯将就丝毫。在她的思想中，生活就应该是简单而美好的，未来就应该是说走就走的。但是，回到现实中，她却必须为柴米油盐所扰，在工作中与一堆永远看不完的报表做伴。

这不是友人想要的生活，但是为了活着，她却不得不接受这样生活。有一段时间，她的 QQ 签名换上了非常流行的一句话："生活不只有诗和远方，还有眼前的苟且。"

说得不错，生活确实如此。诗和远方是存在的，也是很多人为之奋斗的目标。但是现实也的确足够苟且，甚至可以说苟且得狗血。

你想象中的早晨，可能是温暖地被阳光照醒，美美地在镜子前面梳妆打扮。你在精美的厨房中，烹饪美味佳肴，美好的一天就此开启。

所有的努力，只为遇见更好的自己

现实的早上，你被闹钟吵醒。一次起不来，那就两次、三次、无数次，直到你已经在迟到的边缘，再一下子从床上弹起，看着窗外的天还没亮，努力地回忆今天是星期几，然后数着距离周末还有几天。胡乱地洗把脸，把各种化妆品往脸上涂抹一番，临走的时候，才发现脸上的粉都没涂匀，有时候还忘了擦口红。

做早餐？别做梦了，你飞也似的下楼。幸运的话，楼下煎饼果子的小摊人比较少，算着上班时间，你赶紧让大娘给你摊了张煎饼，匆匆忙忙扔下零钱。如果悲催地看见小摊上的人很多，想着迟到要扣的工资，你就只能咬咬牙，毅然决然地放弃早餐。

你想象中上班的路上，开着小车，吹着空调，放着小曲。天空晴朗，阳光正好，在路过公交站的时候，看看经常在这里等公交车的漂亮姑娘，心情也格外的好。

回到现实，往往你自身就是等待公交的姑娘，但是与美丽丝毫不沾边。站在公交站里，意识还不怎么清醒，如果此时出现一张床，你恨不得马上趴在床上。好不容易公交来了，一窝蜂似的人，你还要往上挤。一旦挤不上去，仍然又是迟到。公交车上，根本没有脖子上挂着耳麦，穿着运动服的帅哥。人挨人，人挤人，要下车简直要经过两万五千里长征。辱骂声、喧哗声，加之包子、油条等各种早餐的味道混杂，让你恨不得马上结束现在的生活。

你想象中的一天，早上来到单位，友好地和同事们打声招呼。走向你整洁的办公位，沏好一杯茶，在茶的淡香中，打开邮件，处理一天的公务。你的项目有进展了，你的意见被采纳了，你又发了一笔奖金，这样的工作，简直太美好。

可现实中的你，当然不会是这样。同事之间，开心的时候比谁都高兴，一旦涉及利益，翻脸比翻书还快。你听着别人的八卦，再八卦别人，听着别人的吐槽，再接着吐槽别人。同事之间的关系，远远没有表面上看着那么单纯。

工作呢，永远是忙忙忙。有一种无奈，叫作领导不满意；有一种你想掐死的群体，叫作甲方。做出的方案，一遍一遍地修改；提交上去的报表，一不小心，就会出这样那样的问题。从早上八点到单位，到下午五点钟下班，有时候你连抬头的时间都没有，各种人、各种事，你稍微怠慢一下，马上就传到领导的耳朵里。这哪儿是工作，简直就是战场。

你想象中的爱情，和偶像剧中是一样的。轰轰烈烈，荡气回肠，有个长腿欧巴跑前跑后，随时都知道你在想些什么。在你生病的时候，马上跑到你身边；在你想他的时候，短信会马上响起。脾气好，能赚钱，帅气又多金，简直幸福到爆表。

现实中呢？你的男朋友并没有帅到人神共愤的地步，甜蜜的时候，能羡煞旁人，但是吵架的时候，也能让你哭上一天一夜。不懂浪漫，不解风情，总是不知道你需要什么，在你口是心非的时候信以为真，你总用"情商低"来形容他。事业平平，有的时候还不如你，你不仅要忙事业，生活中的小事儿也让你烦恼。不过这种现实还算是不错的——

毕竟还有那么多单身的呢。

你逐渐长大，也慢慢明白了，美好都是电视剧中的。你想象中的生活，那些都是你的梦想，你可以追求品位、追求金钱、追求荣誉，你的梦想就是诗和远方。但是生活中大多数还是眼前的苟且，你要达到你想要的生活，就一定要过好苟且的生活。

嗯，对，生活多艰辛啊。很多人喜欢看韩剧，因为那些玛丽苏的剧情，就是大部分人所理想的生活状态。韩剧里的人，上班的时候办公桌是干干净净的，有大把时间和女主或者男主来一场感情纠葛。韩剧中做饭总是几秒就可以做好的，吃完还不用刷碗，即便从来不打扫家务，家中也是一尘不染。

男的全都是富二代，女的全都是灰姑娘，就是等着被王子发现的。谈生意最后总能成功，小人的结局总是悲惨的，男主、女主都大公无私，善良得就像天使。他们的面容都是姣好的，早上起来一睁眼睛就是带妆的，在超市做服务员的女主的 T 恤都比你买的贵好几倍。

你嚼着薯片，被电视剧中的剧情感动得稀里哗啦。然后电视剧大结局了，结束了，身穿睡衣、满脸冒油光的你，一看表都已经快十二点了，明天天不亮就要去上班，并没有什么富二代早上在楼下等你。你就觉得生活怎么那么悲哀，活着怎么那么累啊，为什么电视剧中的生活，不能变成你的生活。

生活，总是自己给自己的，与其羡慕别人，不如享受生活。

如果你非把眼下的生活称之为苟且，那我也不拦着，毕竟，谁的奋斗史不苦呢？但是生活已经如此艰辛了，干吗不开开心心活呢？

你也许会说了，你和普通人不一样，你的心里是有梦想的。可能是要在一个城市站稳脚跟，也可能是赚上一大笔钱，找到你自己的白马王子，或者是在某个领域上获取最高成就，也或者是追求自由，全国各地去旅游。为了实现这些梦想，现在吃一些苦是值得的。毕竟有句话说："天将降大任于斯人也，必先苦其心志，劳其筋骨，饿其体肤……"

对，说得没错，没有一个人会随随便便成功，风雨之后才能见彩虹，这都是再浅显不过的道理。我想告诉你，实现梦想的道路，艰苦是一定的，但你不一定要降低生活品质，相反，调整好你的心态，再苦的生活，都会变成享受。

对待生活，我身边的朋友，大多有两种态度。这两种态度，不外乎乐观和悲观。就像那个老掉牙的故事，同样半瓶水，乐观的人兴奋地说还有半瓶，悲观的人只会觉得，哎呀，只剩半瓶了啊。是同样的半瓶水，也是同样辛苦地活着，心态决定一切。看似特别简单的一个道理，但是好的心态，并不是人人都具备的。

悲观的人，就像我文章开头写的，他们对生活从头到尾都是不满意的。工作、感情、亲情、友情，说到这些，他们遇事就知道吐槽，逢人便说自己所遭受的不公平的事情。这类人，不光是生活累，心更累，能把当下的生活过好就不错了，还谈什么诗和远方。

心态好的人，天空都是晴朗的。早上迎着朝阳出门，他们会觉得一切都豁然开朗。在公交车上，他们会试着和身边的人聊天，结交更多的朋友。不愿意说话了，就看周围形形色色的人，猜猜他们的故事。悲观的人觉得挤公交多么辛苦，懂得享受生活的人会想，幸亏是在公交上，让他们的上班路途变得如此有趣。

你的提案被客户否决了，客户也说了很多难听的话。你有点儿受不了了，坐在办公位上诅咒他们。或者干脆破口大骂，向同事们抱怨。同事们心想：原来你也是个粗鲁的人啊。这倒没什么关系，关键你为此一天心情都不好，总觉得自己像个孙子一样活着。

懂得享受生活的人，不会把客户难听的话放在心上，他会觉得，那只是对方心情不好。更何况，他的好坏、业务能力的高低，不是一个人就能轻易下定论的。抱着这种态度，他主动和客户沟通，了解客户想法，再次提交一份方案，客户表示非常满意。他不会记得客户难听的话，却相当享受那种受到别人认可的感觉。

曾经，我有个朋友在一家广告公司上班，那时候她刚刚毕业，早八晚五也就罢了，周末只能休息一天，一个月中，有一天的周末还要值班。不仅如此，她每天下班后都要加班，周三的时候，应客户要求，晚上八点要开会，常常开到凌晨。一个月算下来，别说休息日了，正常的生活时间都被剥削得所剩无几。重要的是，不仅工作忙，工资还低，每个月扣完保险，交完房租，朋友几乎所剩无几。

在别人看来，这简直不是人过的日子。人一定要有自己的生活空间，这是自由的权利。朋友还没说什么样，身边的人却都义愤填膺地为朋友抱不平，觉得朋友的日子太惨不忍睹了。

很出乎意料，朋友在那家公司工作了两年，一直很稳定。

和她交流后发现，她所经历的生活，和别人眼中的完全不一样。不管头一天回家再晚，第二天早上她也坚持六点起床，读自己感兴趣的书。从毕业开始，她的梦想就是成立自己的工作室。但是她知道自己没有实际工作经验，而这种工作经验，是安逸的生活不能给他的，所以她必须努力去学习。

你上班没有事情做的时候，可能会感觉一天很长，时间一分钟一分钟地过，怎么都挨不到下班的时间。而我的朋友想要学的东西太多，一刻都不让自己停下来，时间也就过得飞快。有时候，为了研究一个项目的推广点，她在办公桌前一坐就是一天。终于想到一个好的创意，一抬头，发现已经华灯初上，夜幕降临。但对于她来说，此时此刻她的一切兴奋点，都是她刚刚完成的项目创意上，这是任何朋友聚餐、KTV 嗨唱都比不了的。

有句话说得好，舒服永远是留给死人的。朋友跟我说，每个人的生活其实都如此真实，生活永远是按部就班的，平淡得可怕。实现她的创业梦想，也只是一瞬间的时间，而现在所经历的苦难，需要她克服的困难，那些才是真真正正的人生。享受眼前的苟且，提醒她还在活着。

别人眼中糟糕的人生，他人眼中的苟且，你完全可以过得如此享受，这并不是很困难，只需要调整好你的心态罢了。

每个人都有选择生活的权利，心中都有所向往的诗和远方。追梦的道路固然千辛万苦，荆棘遍布，但也正是这份艰辛，才能带给你莫大的成就感。要感谢眼前的苟且，让生活变得如此真实；要感谢眼前的苟且，见证你一步一个脚印地实现梦想。

孤独的时刻最适合用来雕刻梦想

1

厦门大学的录取通知书递到艾丽手上的时候，她在邮局门口哭得特别大声，哭得人心里揪成一团。我站在她身边，看着她哭了又笑，笑了又哭的样子，我想起了她那段无人问津的考研经历，那些孤独到无以复加的时光，静静地汇成一条流淌着的河，把她从这一岸，渡到那一岸去。

艾丽是在大四才准备考研的，其实已经算是很晚了。这意味着她还要再花一年的时间在学校里备考，而同一届的人，都已经毕业工作了。这个学校，这座城市，几乎没有她熟悉的面孔。

艾丽在学校旁边的一个城中村租了一个小房间，一张床，一个独立卫生间，没有暖气，没有热水器，一个月五百块。

她没有钱上考研培训班，只能自己去学校门口的旧书店淘考研的旧书，又自己在网上买了考研习题，每天待在学校图书馆自习。她每天起得比学校的学生都早，站在图书馆门口等着开门，也会赶在晚上十点钟操场关门之前，在里面花上半个小时跑步。

她说一整天看书下来，人的脑子都要缺氧了，没钱也没时间去健身房，学校操场是最经济、最有效的运动场所。

她拿着学校的校友卡，在学校食堂吃饭，在学校澡堂洗澡。她还像是这个学校的学生，混在一堆进进出出的学弟、学妹中间，只是从来没人会回头来跟她打招呼。

她也很少跟家里人打电话，她说怕自己忍不住这份孤独和辛苦，听见父母苍老的声音会忍不住想放弃。

她把微信的昵称改成了刘同的那本书的名字——你的孤独，虽败犹荣。然后她把朋友圈关闭，微信卸载，在那一年多的时间里，她从来没有主动跟任何一个人联系。

十月份，北方的冬天就差不多正式来临了。学校的银杏林里有学生拿着相机、手机在拍照，有拿着画板在画画的，有抱着吉他坐在树下唱歌的，有垫一块布坐在上面懒洋洋晒太阳的……艾丽看到这样的场景，总是很想哭。

她忽然想起自己已经很久没有跟别人面对面地说过很多话了，只有图书馆的大叔会说"你今天又是第一个啊"，然后她会说"是啊是啊，我来占座"；只有食堂打菜的阿姨会问她"吃什么"，然后她会说"阿姨，我要一份全素的"。

她好像也很久没有晒过太阳了。早晨她出门的时候，太阳还没有出来，有时候碰上雾霾天就更是一天都见不着阳光；只有中午吃饭的时候，能在太阳底下走过，却从没有闲适地像大学生那样躺着晒过太阳；等到她晚上走出图书馆，月亮都已经升得老高了。其实那月光很像一副清冷的画，可是她从来没有停下过脚步抬头好好欣赏过。

因为她没有人陪着，因为她没有时间。她的每一分钟都是孤独的。

她要赶回小出租屋里洗衣服，不然明天白天又没时间洗了，还要把房间打扫一下，收拾完毕之后，她会烧一盆热水泡脚，耳朵里塞着英语听力。很多次，她竟然就这样睡过去了，是被冷掉的泡脚水冻醒的。

这一年，她睡眠时间最少，但是睡眠质量却最好。一闭眼，就能睡着。

床头上贴着她手写的"厦门大学"四个字，每一次，她觉得自己快要熬不下去了，就抬头看看它，好像心里就生出了很多很多的勇气。

人都是应该有梦想的，不管这梦想在别人眼里有多么遥不可及，但是在你心里却应该是神祇一般的存在，你为了达到它、实现它，把所有的孤独、冷清、寂寞当做蜜糖一样来舔舐，甘之如饴！

快过年的时候，我很意外地接到了艾丽的电话，晚上十点钟，她在电话那头泣不成声。

"我以为自己能忍受这样千篇一律又孤独的生活，我每次都告诉自己熬一熬，再熬一熬就过去了，等到考试结束就什么都好了。可是真的太难了，我从来不敢让自己生病，因为我不能去医院花钱，不然我就没有钱生活了。

"校医院本来不让我挂号，因为我已经毕业了，我一个人去的，也没有人帮我说说话。我差点儿就跪下来求医生了，我告诉他我一个人在这里考研，没有朋友，没有亲人，没有钱去外面的医院看病。

"这半年没有一天是不辛苦的，但是我没有掉过一滴眼泪，也没有过一次妥协。甚至现在我生病了，我心里都惦记着今天计划的内容还没有看完，习题还没有做完。可是我忽然不知道我这样坚持还有什么意义。我以前也是独来独往的，但那时候我知道有朋友在这座城市一起，但是现在我是真的很孤独。

"你来看看我，好不好？"

近乎哀求的语气，听在我耳朵里，又像是一根根绵密的牛毛针，轻轻地、连续地扎在我心里，有点疼痛，却又不能把它拔出来。

她和我当然知道，我不可能飞越几千公里过去看她，我在电话这头没有说一句话，时间一分一秒地走着，她的情绪逐渐稳定下来了。

她说她就是想找人说说话。
我说学会一个人生活，是一种本事。

在那之后，一直到考研成绩公布，我再也没有接到艾丽的任何电话。

这之后的半年，她忍下了所有孤独的眼泪，比以前更能学会自己生活，更能适应孤独的常态，也变成了更好的自己。

后来，她成了厦门大学的研究生，也是我们学校那一届成绩最好的学生。她在那些孤独到感动自己的时光里，一步一个脚印安静地走着，像人潮中的一个隐形人。而当她有天实现了自己当初的梦想，忽然成了人群中最耀眼的那个人时，她回过头去看看来时的路，最感谢的是陪着她走过的那么多孤独的时刻。

是那些孤独，助她雕刻梦想，成就了最好的那个她。

2

琪琪是我大学最好的同学。我们俩能凑到一起，只能说是"臭味相投"。两个金融系的学生，一个喜欢读书、写字，一个喜欢唱歌、主持，怎么看都像是系里的异类，却又是彼此的同类。

琪琪是陕北人，说话间常带有浓重的陕北口音，也正是因为这个原因，她当初艺考落榜，才选择了金融专业。普通话不是一朝一夕就能练成的，尤其是本身口音就比较重的人。琪琪大一参报学校主持人社团的时候，也因为普通话不标准，一时成了笑话。

琪琪参加面试时，当时的社长兼评委是大三的一位学姐。学姐让琪琪当众念一篇主持稿，琪琪抬头挺胸地站着，理了理衣服的领口和袖口，把手上的稿子卷起来当作话筒，光看这架势，底下一排坐着的学长学姐就来了兴趣，然而琪琪一开口，所有人都"噗"一下笑出声来。按理说遇到这样的情况，一般人都会觉得尴尬而停止面试，但是琪琪并没有。她只是在台下爆发出哄笑时愣了一秒钟，然后继续在众人的笑声里、眼神里，把手上的一篇主持稿完完整整地念完，结束时还不忘附带一个鞠躬。

社长首先站起身来为琪琪鼓掌，并当场宣布：琪琪同学，恭喜你加入我们社团。虽然你的普通话不标准，但是你的台风、主持基础、应变能力都很好。至于普通话，只要你勤加练习就不是问题。

那一瞬间，没有人看到琪琪眼里的泪水。她闭上眼，深吸了一口气，她的梦想尽管被嘲笑过，但终究有了绽放的机会。

每天上完本专业课程之后，琪琪就会一个人去社团练习普通话发音，练习主持技巧和台风的把握。不论是夏天四十度的高温，还是冬天零下十几度的低温，只要她在学校，就没有一天落下。而每一次来回，她都是孤身一人。

班里、系里的聚会她几乎没有参加过，但是班上的同学对她却一点都不陌生。说白了，所谓的聚会不过是大学生们搞的联谊会，美其名曰"你我来自五湖四海，相逢即是有缘，感情要时常联络，才不会辜负缘分送来的美意"，其实不过是排遣无聊，顺便找个对象。

相比于这种空虚的热闹，琪琪说她一个人待在练习室里练普通话简直是享受孤独。

大三的时候，琪琪报名了几所高校联合举办的六月主持人大赛，决赛前我陪她去过一次练习室。而那一次，我才真正在琪琪面前感觉到惭愧。

　　练习室是在大学生活动中心的负一层，只有一扇小窗户，冬天挺暖和的，但是夏天就是难以忍受的闷热。中央空调没有开，练习室里只有一把小的落地扇来回地转。我找了个小沙发坐下就开始看电视，琪琪则在一旁戴上耳机练习普通话。其实她的普通话已经有很大的改善了，基本听不出陕北口音，等她字正腔圆地将主持稿一念，我都被惊呆了。北方女子和北方男子一样，说话时声音很亮，很干脆，很有底气。琪琪一开口，我就像在听广播，看播报一样，除了"好听、好看"我找不出其他形容词。

　　我想起我刚读的一本书，作家用"健康、漂亮、善良"来形容他的心上人。他说其他丰富的形容词都会随着时间改变，而"健康、漂亮、善良"却是永恒不变的。我想琪琪主持时就是这个"好听、好看"的状态，并且永恒不变。

　　闷热的练习室，我待了半个小时实在待不住了，就跟琪琪提议到门口去歇会儿，她说她要留下来继续练习，让我先去外面。我没有走远，站在门口吹过堂风，门内的琪琪身影一会儿站着不动，一会儿走到旁边，一会儿又因为说话太激动而有些摇晃，我甚至能清楚地看到她的衣服被汗水浸湿了一大半，但是她没有一分钟是停下休息的。

我也曾经信誓旦旦地说写作是我的梦想，要写出让读者认可并有共鸣的文章，但最终我还是把大学时间交付给了社交和各种聚会。临近毕业，才恍惚想起我曾经也有过一个梦想，可自己却早已习惯了人声鼎沸，忍受不了孤独前行。所以，我的梦想终究只是午夜梦回的想想而已。

　　而琪琪不一样，她的梦想，是在一点一点刻骨的孤独里雕刻出来的。这间练习室会记得，她背上的汗水也会记得——她曾经有多努力，就有多孤独。

　　那次决赛，琪琪是冠军。主持人拿着演讲稿对着琪琪说："有些人天生就适合当主持人，天生就适合在舞台上调控全场，天生就适合镁光灯下的热闹。所以，请不要浪费你的天赋，把握机会……"

　　我坐在台下，看到琪琪站在那个主持人身边，带着礼貌又淡然的微笑，深深地为她感到自豪。其实哪有人生来就合适做什么，只不过是她付出了比别人更多的努力，忍受了比别人更多的孤独。

3

　　这世上，热闹的方式有千万种。

　　看电视剧的时候，有闺密在一旁叽叽喳喳，你们分享着同一袋薯片，讨论着男一帅还是男二帅；看书的时候，微信不停地传来消息，你索性放下书本，加入到与微信好友的激烈讨论中去；逛街的时候，你一定要拉上一个人陪你一起，每试一件衣服都要询问他／她的意见，他／她说不好看，你就扔在一边接着再试，要试到两个人都满意为止；吃饭的时候，坚决不一个人吃，你说看着可怜兮兮的，一定要叫上三五个人，吃得热火朝天，你说这才叫吃饭。

而孤独的原因不外乎这几种：自身性格孤僻、无人陪伴，还有一种就是为梦想甘愿忍受孤独。

所谓孤独的人，过得都是愁云惨淡的吗？然而，并不是。

孤独，意味着你拥有更多属于自己的时间，你可以随意支配这些时间去健身、去读书、去考研，去成为全新的自己、让别人刮目相看的自己。

孤独，意味着你将比别人拥有更强大的内心。受得起千万次赞美和掌声，也经得住曲终人散的结局。

孤独，意味着你比别人更深刻地领悟到生命的本质，不过是一个人来，一个人离去，而是你能比别人更坦然地接受获得，承受失去。

可是如果能够选择，又有谁不愿意三两朋友常聚首。但因为有了梦想，所以孤独也有了意义。

史铁生在他的回忆录里写道：梦想只是梦想，多好。

刚开始读的时候，我并不理解这句话的意义，后来想起了艾丽、琪琪，忽然间就明白了。真正心怀梦想的人，总是能够独自前行的人，她们的思想其实要比其他人简单得多，在她们看来，梦想就只是梦想，也只是自己一个人的梦想。不必向全世界大声嚷嚷自己有多伟大的梦想，也不会在别人不痛不痒的称赞里沾沾自喜。

因为在实现梦想的路上，最好的陪伴是孤独。

是孤独让你心无旁骛，全心全意。

最后，送上一首雪莱的诗，希望你们爱上孤独、享受孤独，在孤独里雕刻梦想，成就最好的自己。

在芸芸众生的人海里

你敢否与世隔绝、独善其身

任周围的人们闹腾

你却漠不关心

冷落、孤寂

像一朵花在荒凉的沙漠里

不愿向着微风吐馨

第四章

成功：我所谓的
成功，就是遇见了更好的自己

努力实现梦想，是为了被自己喜欢

小二是某公司的小职员，女孩儿，年纪不大。小二是她给自己取的名字，别人都以为"二"就代表傻傻的，她却感觉傻一点儿没什么不好。也的确，她的性格和她的名字一样，率真可爱。

虽然叫小二，她还是蛮漂亮的。肤白貌美，有教养，气质也好。对待工作认真，与同事相处和睦，性格温和，公司的人都挺喜欢她的。但是小二最近感觉特别不爽，在工作的时候，她遇到了一个客户，就叫他 X 吧。小二总觉得这个客户有病，一天到晚地在找她碴。

X 比她年长四岁，比小二成熟不少，工作经验丰富，最重要的是，他完全就是个工作狂。用小二的话来说，X 简直是在用生命挑她的毛病。一个标点符号，他都要纠结半天。好几次，小二被他骂得躲在卫生间掉眼泪；也有好几次，小二把一堆工作进程单摔在桌子上，濒临崩溃的边缘。

在客户 X 的眼中，小二的每一次马虎都让他头疼不已。对于一个追求效率的人来说，一遍又一遍地修改方案，是他不能容忍的。两个人各有各的委屈，于是针尖对麦芒，两个人吵架吵得热火朝天。但是每次都是 X 有理有据，小二只能弱弱地修改方案。

没想到，不打不相识，最后居然打出了一对欢喜冤家。其实也不算一对，是小二喜欢人家。随着两人工作的交集增加，接触也不局限于工作当中了。慢慢了解下来发现，其实生活中的 X，和工作时候的他判若两人。性格上的较真，倒让 X 在生活上越发一丝不苟。X 会注意到每一个细节，相处起来让人特别舒服。比如点菜的时候，让小二点；细心地记得小二从来不吃的葱花，吃饭的时候总特别给服务员强调一遍。

他会大老远地给小二送资料，会贴心地为小二开车门，一起外出的时候，会为小二提着包。

在 X 眼中，这是生活的习惯，但在小二眼中，简直不能再绅士。带着对电视剧男主的美好想象，小二想，这一定就是爱情了。

接下来的故事，就是烦恼了。以前微信一响起来，生怕是 X 又让她修改提案。现在只要手机一响，赶快飞去接。有事儿没事儿找各种话题聊天，一件事情恨不得找 X 确定无数遍，周周盼着例会的日子，打扮得漂漂亮亮地去见他。

小女孩的心思，小心翼翼。刷着 X 的朋友圈、微博，小二寻找着任何他有没有女朋友的蛛丝马迹。直到有一天，X 突然晒出和一个女孩子的合照，以及两张电影票。他有女朋友，再明显不过。小二为自己编各种各样的借口。甚至丧心病狂地觉得那个女的长得和 X 比较像，是不是他的姐姐。

刚刚进入公司的时候，小二还下决心要在公司干出一番事业来。但是遇到 X 后，工作就被她放在一边了。像所有年轻的小姑娘一样，感情变成了她生活的全部。

但是又和所有年轻小姑娘不一样，小二心高气傲，当然不甘心就这么暗恋。但是明示、暗示多少次她喜欢他，后面回复的话，总是一句：

你开玩笑吧！

到底他是怎么想的呢？到底他有没有女朋友呢？小二也只能猜测。跟着他的喜怒哀乐，或开心或悲伤。工作还在继续，他还是那么一丝不苟，对小二也仍是关怀体贴，但是，两个人的关系，却始终没向小二预想的方向发展。

X 有意无意地向小二提起，他中秋节要去看女朋友，女朋友在大连。微信的另一侧，小二的心猛地抽搐了一下子。怪不得一直的表白都没有回信，原来，他真的有女朋友。

身边的朋友都劝她放弃吧，小二条件那么好，天涯何处无芳草，干吗就喜欢这样的一个人。脾气臭，不解风情。但是小二从小优越到大，喜欢的东西，就一定要努力争取得到，偏执得很，这次也不例外。

对方是个工作狂，那就从工作下手呗。小二只要工作上出现了问题，就打电话或是微信向他请教。只要一提到工作，X 马上放下手里的活儿，给小二耐心地讲解。而小二当然是醉翁之意不在酒，慢慢地将话题转向生活，X 也能陪她聊上几句。

所有的努力，只为遇见更好的自己

你说小二要做小三吗？她说还没到那个地步，她还有道德底线。就是太喜欢他了，即使不能和他在一起，也希望每天听到他的声音。她喜欢她的，与别人无关。

就这样，两年了，小二仍然没有男朋友。生活还和以往一样，不过X已经是经理，小二还是那个默默无闻的小职员。

事情的转折，是在那个再平常不过的一天。那天小二像往常一样，给X打电话，诉说在工作中遇到的种种问题。而X正在忙，就淡淡地说了一句：要不晚上见面说吧。

只一句话，小二欣喜若狂，这可是X第一次主动约她啊。X让小二选择地方，小二说：既然你工作那么忙，就选在你单位楼下吧，随便找一个饭店。

X说：好。

五点钟下班，小二公交转地铁，一个多小时来到了X楼下的小店，却被告知X正在加班。X让小二先点餐，饿的话就先吃。小二点了一大桌子菜，都是X爱吃的，于是就开始漫长的等待。

周围都很热闹，大家说说笑笑。只有小二这里，冷冷清清，一个漂亮的小姑娘，守着一桌子菜，望着手机出神。

两个小时后，X 来了。并不像小二想象的那样风尘仆仆，匆匆忙忙。而是早已经换下了工装，穿着平常休闲的衣服，头发是湿漉漉的，明显已经回过家了。

小二突然感觉很悲哀：她的事情，排在了他所有事情之后。

毫无准备的，小二想认认真真地表白一次了。再差的结局，都比不过现在的拖拖拉拉。成功最好，就算不成功也要让他知道。

但是结局真的差到不能再差了，原以为再不过也就是被拒绝。那种嘲讽的语气，她始终记得。

喜欢我？你真的是认真的？你觉得咱俩是一路人吗？

工作上漏洞百出，一个小问题你自己都解决不了，我们会聊到一起去吗？

这是我的女朋友，在另一个城市，但她工作比我优秀。为了追上她的脚步，我工作得如此努力。我们工作都很忙，不常见面，但是一个好的 Idea 会让我们在电话里讨论一个晚上。但是你，不会给我新的创意，只会向我问问题。

现在你说喜欢我，你觉得会有结果吗？

一番话下来，小二突然发现，这两年的时间，是有多么可笑！

她愤怒了，她从来都不是花瓶。只不过"成功、上进"这些话，早已经是过去时。

在为客户写方案之前，第一件事就是要真正地站在客户的角度思考问题。明白什么才是客户真正需要的，抓住痛点，并由痛点向外延伸。这时候形成的方案，才能让客户满意。

这个不久前 X 告诉小二的话，在眼下却如此适用。

抱歉我只忙着喜欢你，却从来没想过你需要的到底是什么。

从那以后，大家都觉得小二疯了。小二绝口不提 X，把一切时间都用在了工作上。大家不愿意接的提案，小二第一个站出来。在单位加班加点到凌晨是常事儿，对工作的吹毛求疵，让同事们笑言，小二简直就是 X 附体。

小二回到家，以前抱着 iPad 买买买的时候，现在全都用来看书。家人们都以为这孩子疯了，什么时候变得这么上进，明明之前还天天抱着鹿晗、杨洋不放。只有闺密们知道，爱情的力量真伟大啊！

又是一个两年过去，这时候的小二已今非昔比。她完成了几个大项目，提拔那是不可少的。工资翻了几番，洗尽了初出茅庐的稚气，也有着女强人的姿态。她和 X，也不再是能力相差悬殊。

有些时候，X 都会打电话向小二请教问题。

闺密们都很为小二高兴，小二也算是成功逆袭了，这回总算能轮到小二实现她的终极梦想了：小二的男神，就快到她碗里来了吧？

谁知道小二却淡淡地说了一句：只不过是一个有女朋友的男人，我早就不喜欢了。

不喜欢？那还为了他那么拼命？

拼命是拼命，但也不定是为了他。努力实现梦想，刚开始的原因可能还是因为喜欢他，但是现在小二完全不是这么想了。自从那顿饭之后，小二本来是非常生气的，拒绝她还算了，居然还瞧不起她。当时她就下决心，一定要更努力，做出一番成就来让他看看。

超越他，看似不可能，却成了她的目标。那个上进的小二又回来了，那个曾经在大学为了奖学金，在图书馆里连续待了半个月，最后终于取得优异成绩的小二回来了。她差点儿忘了，她曾经也是那么优秀啊。

认真对待工作，努力努力着，小二觉得原来工作如此有趣，漂亮地完成一个项目，所受到的赞美，远比暗恋带给她的快乐多得多。喜欢一个人两年，未必会有什么结果；但是努力工作两年，一定会有收获。

但是那么拼命地工作，不累吗？

小二当然累，到项目节点的时候，小二每天的睡眠不足五个小时，想要坐下来好好吃一顿饭都是奢侈，常常就是面包和盒饭就对付了。为了年终站在领奖台上的一刹那，她加班无数个夜晚。往往办公室都没人了，她还在挑灯夜战，看门的大爷都认识她了，天气冷的时候，还上来给她送过毛毯。

也正是因为如此努力，她如愿成了公司的优秀员工，可以与 X 平起平坐了。闺密问小二：下一步咋打算的呢？既然他现在都已经仰视你了，打败他那个异地女朋友已经轻而易举了吧。

既然已经如此优秀，为什么还要做他的女朋友呢？现在的小二，再也不用下班坐一个多小时地铁到他家了，也不用因为等他的一条微信，抱着手机睡觉了。那个没有自我，只在乎爱情的小二，早已经是过去式了。

现在的她，工作上有成就，欣赏她的人排成排。下班后邀约不断，她才是她生活的主角。这样的小二，才是她打心眼里喜欢的自己。

要让你眼中优秀的他喜欢你，首先你得自己喜欢你自己。你自己都不喜欢自己，凭什么要求别人来喜欢你。

努力实现梦想，就是为了让自己更喜欢自己，从来都与他人无关。

大多数人努力实现梦想的动机，好像都和小二差不多。为了喜欢的人，为了父母，为了赚更多的钱，为了让别人看得起。但是实现梦想的最终目的，就是让自己过得更开心，过得更好，实现人生的目标，享受成功瞬间的满足感。

梦想的路，从来不可能好走，一路上可能荆棘遍布，你永远不知道下个路口将要面临的是什么。这时候，你的动力只能是你自己，遇见更好的自己。

现在你的生活可能非常平淡，已经没有了刚入社会的血气方刚，每年复制着跟常人一样的生活。你因为生活的毫无波澜而抓狂，你因为自己的碌碌无为而讨厌。当初那个放着豪言壮志，要实现梦想的你呢？

　　梦想，早已被你抛在了脑后，所以你才会如此无聊；
　　梦想，早已不是生活的追求，所以你的日子才如此平淡；
　　梦想，早已不是你的主旋律，所以你才这么讨厌自己。

　　努力去做一些事情，并不意味着就是功利地想去追求成功。大部分人，都是在享受实现梦想的过程，那种奋力去做成一件事情的畅快淋漓。如果你不满意现在的生活，那么，重新拾回你最开始的梦想吧！

　　假如你正在实现梦想的路上奋力狂奔，你就会发现，成就完美的你，才是实现梦想最好的动力。

倔强地坚持，是为了找到更好的自己

同事里有个姐姐，最近逢人就说起她那个令人头疼的儿子：十五六岁，青春期，正是叛逆的时候。说东偏往西，动不动就离家出走。说轻了，没什么作用；说重了，人家搬出了《未成年人保护法》，简直让她哭笑不得。

前几天他们的家庭战争爆发了，起因是读高中就要分文理科，孩子的意愿很坚决，就是想读文，而父母还是停留在"学理走遍天下"的思想中，认为学理科以后好找工作，而且孩子物理特别好，父母觉得应该朝着理科的方向走下去。

孩子的兴趣，在父母眼中就是百分百的任性，毕竟是关系到一生的大事，父母也不会轻易妥协，双方就这么僵持了下来，到现在还没有结果。

那个孩子我见过，斯斯文文的，戴个小眼镜。跟他聊天的时候，我惊讶于他超乎常人的记忆力，对于历史朝代、发生过的事情都能如数家珍地——道来。我同事骄傲地说，孩子从小就喜欢看历史书，各个朝代的史实，甚至是某场战役的战略、战术、兵法，他都记得清清楚楚，这孩子对历史是发自内心的热爱。

就是这份热爱让家人犯了难。孩子不想放弃他心爱的历史，但是站在父母的角度，他们想的就比较多了，现在的社会，重理轻文还是比较严重的，纵观目前的市场背景，就业率排在前几位的，全部都跟理工科有关，什么船舶制造、电子商务、机械工程研究等，与文科相关的工作，大多数前景不是很好，可替代性也很强。

同事觉得，一个男孩子学习历史，未来能做什么？研究学术？做一名历史老师？现在看来，都不是什么高薪或者轻松的工作。而男孩以后的责任是赚钱养家，找不到好工作，也很难担起一个家庭的重担。

同事在我面前大吐苦水，那份为孩子未来好的良苦用心，却不被孩子理解，确实挺伤心的。不知道为人父母的那天，我遇到同样的问题会怎么做，但现在的我，却是完全站在孩子那边的。

发生的这一切，可以归结于孩子小，不懂事。抑或是青春期，任性、冲动。但就是这份冲动，恰恰无所顾忌地表达了他内心的想法。这个孩子是有梦想的，这个梦想不掺杂念，只与兴趣有关，与现实无关、与前途无关、与社会无关。在十七八岁的年纪，或许对未来还没有一个明确的目标，只是任性地想做自己喜欢的事情。

这种毫无顾虑的任性，就是梦想的最好养料。

想到我文理分科的时候，也是相当纠结。但很显然，我的青春期"乖"了很多。小学二年级的时候，当老师问以后想做什么职业时，我想都没想就说要做一名编辑。在当时班级里想做"科学家、宇航员、工程师"

的呼喊声中，想做"编辑"的声音一下子就弱了下来。

没关系，老师没听到，我记下来了啊。

那时候，我还不知道什么叫作热爱，就是喜欢观察生活，喜欢写作，那就朝着让我舒服的方向发展呗。慢慢地，征文比赛的证书贴了满墙，作文被当作范文，被老师整个年级来回地读，满分作文更是不在话下。"语文小达人""小才女"的名号纷至沓来，而我在学校里也算小有名气。

本来人生规划已经非常明朗，也是在文理分科的时候，被打破了。班主任是物理老师，纵使物理是我最差的一科，但我仍是他偏爱的一个学生。他劝我学理的理由，大意就是文字就是一个载体，不是独立存在的岗位。说我还需要学习金融、科技、互联网等不同领域的知识，既然现在已经有一些理科基础，未来在理工岗位上，仍然可以从事偏文类的工作，还增强了与别人的竞争力，何乐而不为呢？

说得也确实有道理啊，所谓"曲线救国"，不就是这个意思吗？于是我一个政史地平均 80 分的学生，毅然选择了理科，即使我理化生的平均分还没到及格线。现在看来，这是多么可笑的一个决定，但是在正青春的年龄，最可怕的不是不知天高地厚的任性，而正是不懂装懂的成熟。

所以说最后的结果就悲剧了，我说的结果，当然是所谓的人生转折点，抑或说是岔路口的高考。最后，我的高考理综物理单科 8 分，毫不夸张。面对没兴趣的东西，即使加倍努力，仍然无济于事。工作太遥远，十八岁的年纪，如果把八九年后的工作当作奋斗的目标，动力能有多大呢？不喜欢的事情，外加太遥远的目标，往往就成了不愿前行的借口。

好在我其他科目分数不算差，勉勉强强读了一所二本大学。在填报志愿的时候，我毅然决然地报了新闻专业，成为大学新闻专业中少有的几个理科生之一。想想也蛮好笑的，当初说的"曲线救国"，最后画了一个圈，我仍然坚持了自己的编辑梦想。

大学以后，抛开了怎么也做不明白的题，专心于文学的我如鱼得水，毕业之后工作找得也算顺利。现在看来，小学二年级的编辑梦想实现了，虽然其中的路途有点儿坎坷，但和当初一直学理科的小伙伴相比，薪资待遇也相当，社会地位却比他们高了一截，也是一种幸事。

在本该无忧无虑的年纪考虑那么多，在该任性的时候选择屈从于现实，事实上并没有想象得那么美好。现在回头看看同事家的孩子，既然他有喜欢的学科，有未来想实现的梦，在浑身充满力量的青春期，任性一次，又何妨？

有人便说了，青春期的孩子能知道些什么？不知道外面的竞争压力，不知道社会的人际关系复杂，他们的决定，就只能是一种任性。但就是这种没有顾虑的任性，才会最接近梦想。

你可别小瞧了青春期的孩子，他们对梦想的执着，可能是现在的你遥不可及的。现在的你，还有梦想吗？被生活所累，每天在两点一线中奔波。周一的时候盼周末，周末过后最讨厌上班。你小时候的梦想，还记得多少？

其实你唱歌很好听，你想当一名歌手。在公司年会报名的时候，你很想重返舞台，你却胆怯了。算了吧，认识你的人那么多，紧张怎么办？忘词了怎么样？唱得不好听怎么办？不专业怎么办？比起上舞台上丢人，还是老老实实地工作吧！

其实你学了六年的钢琴，你想成为一名演奏家。老板家刚买了一架钢琴，邀请你们去做客的时候，你很想弹上一曲，你却胆怯了。算了吧，这么长时间没弹了，指法都忘没了，五线谱都不认识，弹错了多丢人，老板还在，在这里弹不好吧？比起弹错了音符会丢人，还是老老实实地工作吧！

其实你的声音很好听，你想成为一名主持人。在公司举办活动的时候，没有聘请到合适的主持人，你很想去试试，你却胆怯了。算了吧，说错话怎么办？没有礼服怎么办？脸上长痘痘了怎么办？最终你还是没有勇气走上舞台，比起在这么多人面前出糗，还是老老实实地工作吧！

其实你很有表演天赋，想当一名演员。但是在办公室坐的时间久了，早就没有那种初生牛犊不怕虎的朝气。单位在拍摄企业宣传片的时候，你很想试试，你却胆怯了。算了吧，我又不是专业学表演的，公司的年轻小姑娘那么多，我已经老了，我现在的声音已经不好听了，不出那个风头了，还是老老实实地工作吧！

现在的一切都在正常的轨道上进行，但是，你最初的梦想呢？

当你小的时候，你可从来没有这么多顾虑。敢梦、敢想，才是你应该有的性格。回头想想年少时的你，有没有一些事情，你现在还在津津乐道？

那年，在书桌下，是各种各样的小说。武侠、言情、校园杂志……老师越没收越想看，家长怎么阻止都有地方藏。没办法，你就是喜欢啊，想出了各式各样的招数对付老师和家长，把课外书放在课本中，给课外书包上语文书的书皮。但是如果没有那时候任性的你，现在又怎么能有如此优秀的文笔？

那年，有着美术天赋的你，对文化课异常头疼。那个年纪的逃课，是无法容忍的大错。但你仍然和几个志趣相投的小伙伴，逃过了老师和家长的视线，去山上采风。一天下来，抛开了怎么都算不会的数学题，在画板前，描绘出了大自然的样子——而以前，这些画面只能靠你想象。

回头想想，如果你在看课外小说中，接触到了不良信息而无法自拔；如果你在山上，遇到了危险，听说那个山上有蛇……换做十年后的你，一定不会那么任性、那么冲动，即使梦想就在前方，思虑得多了，就再也不能肆无忌惮。

假如，你还可以保持那种任性，你才有机会接近你的梦想，因为青春期的任性是梦想最好的养料。

梦想很近，机会很多，但越长大顾虑越多，越长大离梦想越远。现在提到你的梦想，你或许能想到一万个客观因素，这些全是你实现梦想的阻力，最后所谓的梦想也就不了了之，只能继续停留在现实的生活中。

想实现梦想，就应该拿出青春期任性的态度，不计后果，想做就做，拼命做，往好了做，这种青春期的任性，才是一个追求梦想者应有的态度。

静下心来想一想，凡事都有一体两面，没有绝对的成功，也没有十足的失败。我们之所以能够在青春期任性，是因为还没有接触到社会的现实，不知道现在我们任性了，未来会发生怎样的事情，于是就简单地跟随着自己的想法，想梦就梦了，想做就做了。

那样有何不妥？年轻，任性一回，失败了还可以从头再来，成功了就更加接近梦想。而不去做，永远都不要谈梦。

有人做过一个实验，十层楼大概有将近 40 米的高度，如果在两个楼之间，搭上一层一米宽的板子，旁边没有任何手扶的把手，就让你直接走到对面去，你敢走过去吗？

别说走了，就是在木板旁边看看楼下，脚就软了。

那换一个场景。在室内放一块一米宽的木板，让你在不触碰地面的情况下，踏着木板走过去，你敢吗？

这有什么不敢的啊！一米足够宽了，正常人从木板的一头走到另一头，这是多么轻松的事情，简直眼睛都不会眨。

相同的木板，人明明有轻松走过去的能力，为什么站在十层楼的高度，就一步都不敢走了呢？那如果前提是蒙上了双眼，没有告知脚下是万丈深渊，估计走的人也就不费事儿了吧。

人人都有梦想，既然称之为梦想，那么实现起来一定是非常困难的。可能你有无数次实现梦想的机会，但是实现梦想的过程实在太辛苦、太让人害怕，而自己又畏畏缩缩，只好按部就班地生活在现实当中。

青春期的我们，就像被蒙上双眼走木板，我们只知道心中的美好，朝着那份美好走下去。可能旁边的看客早就吓傻了，一味地劝说，一味地阻挠，我们的行为在他们眼里都成了任性——

那又怎么样呢？不任性，鬼知道梦想到底在哪里！

如果你有梦想想要实现，如果你的那种冲劲儿还没有被磨灭，就拿出青春期的那种任性吧，那种全力以赴、不顾一切，好好回忆一下，当初你是有多勇敢。这种勇敢，让你越来越接近你的梦想，这种青春期的任性，就是孕育梦想的最好养料。

成功是努力的结果，不是拼搏的目标

大学的时候，有两个室友都准备考研。考的学校难度都蛮大的，两个人也都是早出晚归，整天都是打了鸡血的状态，扎在自习室就不出来。复习资料堆上天，完全被埋在书堆当中。

甲同学把报考的学校当成了她唯一的目标，把那所学校的照片贴了满墙，晚上要看着入眠。白天出去自习之前，也要在卧室里大喊几声那所学校的名字鼓舞一下士气，不长时间，全班同学都知道她要考哪所学校了。同学们得到有关那所学校的消息的时候，总是赶快跑去告诉她。

甲没少报补习班，所有有效的考研班她一个都没有落下。整天奔波在各个考研班之间，猜测着年末考研的试题到底是什么。她甚至花了大价钱买了去考研学校的机票，去学校旁边认识学姐、学长，购买所谓的"考研密题"。为了考研，甲真是花了大工夫。

对于甲来说，她的目标就是考上这所学校的研究生，这是场只能赢、不能输的战争。

另一个同学乙对于考研成功的欲望看起来却没那么强烈，整天不知道想什么，就知道学学学。历年考研的重点，都被她翻了个遍，甚至考研英文的单词书，已经被翻得掉了页。直到考研填报志愿的那天，作为她室友的我们，都不知道她报考了哪所学校。

考研结果下来的时候，结果让所有人大跌眼镜，乙考上了甲想要考的大学。

录取结果下来的那天，甲简直要疯了，两个人共处一个寝室，却是冰火两重天。甲指责乙是心机婊，明明已经有目标了却从来不说，两个同一个大学的人，考同所学校，本来就非常难成功。甲认为乙肯定有什么特殊的资料，两人师从一人，而且努力程度也差不多，凭什么乙就能够考上，一定走了什么歪门邪道。

我理解不了甲的思维方式，但也好奇，为什么乙要把自己目标藏得那么深。

在一次饭后长谈中，我理解了乙的成功学思维。乙说，她在刚开始考研复习的时候，真的没有想那么多。因为考研有外语、政治两门基础课程，她在前半年的时候，就全力复习。没有理会什么考前必背，也不知道要去考研补习班。一是家庭条件不允许，二是她觉得只要所有内容她都学到了，考什么就都不怕了。

后来该学习文化课的时候，就要针对想要报考的学校有目的地复习了。这时候，她根据基础课的复习情况，觉得整个考研准备过程还算顺利，思前想后，感觉她要努力一下，可以考到她想学专业领域最好的学校，也就是甲要考的那所，那个时候，她就准备拼一下。

我问乙：难道你不知道那是甲的目标吗？

乙说：知道啊，当时还有些犹豫。毕竟两人共同录取的概率太低了，而且甲志在必得的信念，我也看在眼里。可我权衡了很久，还是决定努力一次，尽到我最大的努力，失败了也不后悔。

那你当时怎么不告诉甲，你也要考那所学校呢？

为什么要告诉她？我们是竞争对手，而且我除了那所学校的考试大纲之外，不知道任何考试信息。而甲手里明显有大量那所学校的一手信息，既然我也帮不了她，我告诉她干吗，要她帮助我吗？这不是让她为难吗？

说得也有道理啊！不过在强大竞争对手的压力下，乙却取得了这场战争的胜利，我问她有什么考研的秘诀，她的一句话让我现在都记忆犹新。

她说：成功是努力的结果，不是拼搏的目标。

回头想想，如果把考入理想的学校当作成功的话，甲确实太过于注重这个目标了。她所做的一切，都是在为了考入这所学校而努力。对于她来说，这所学校就是一个梦，想要达成这个梦，她就要想一切办法来拼搏。但是她忘了，从起点到终点的距离中间还有一段路，这段路

213

不可能飞过去，需要人走过去。

而乙恰恰就走好了这段路。这段路途上的一切困难险阻，她都选择视而不见，就是坚定地、一步一个脚印地向前方走过去。这段路可能泥泞不堪，可能阴暗无比，走不下去了，就把目标定为走完眼前的一小段。就这样一段一段的，一抬头就到达了彼岸。

成功，自然水到渠成。

生活中总有这样的事情，你看得到一个人的成功，却没有看到他背后脚踏实地的努力。于是你把他的成功当作拼搏的目标，却忘记了复制他的那份努力。结果你摆出了各种各样的姿态，拼搏了很长时间，却发现离成功依旧很遥远。是拼搏的目标出差错了吗？不是，是你还没有努力。

你看过很多成功人士，他们有令你羡慕的事业成就，有你望尘莫及的财产积累，这些人在你的眼里，他们都是成功的。你也想要过上他们的生活，也想要一样的社会地位，一样的人生。

但你有没有发现，所有有成就的人，他们的成功之路都是各有各的不同。

这是因为他们在当初奋斗的时候，从来就没想过要走别人的路，更不会要成为谁。这些人常常一开始就知道自己要做什么，如果当初刘强东做电商的时候，一味地模仿淘宝，立志成为马云，那么现在他可能还不是今天的刘强东。刘强东在传统的电商模式下创办京东，在全国各地建造京东的供货基地，打造"211"方式送货即达。在当初淘宝"低价、多样"称霸天下的时候，刘强东另辟蹊径，打出了"真品、快速物流"概念，硬是从激烈的电商竞争中杀出了一条血路来。

生活总是让人忙忙碌碌，让人很难思考成功的意义。在你的意识中，成功到底是个什么概念呢？仔细想想，在你通向每一次成功的时候，你是真正地努力过，还是仅仅为自己设定了一个目标？

在上学的时候，考试得高分是种成功吗？初中的时候，我特别喜欢一名历史老师，她的每一节课我都认认真真听讲。那时候我就立志要学好历史，让她以我为骄傲。我的目标就是要向历史课成绩拿第一的人学习，一定要超过他。结果呢？课下的时候作业还是按部就班地完成，没有一点儿思考，历史成绩依然平平。唯一的不同就是，周围的所有人都知道我喜欢那个历史老师，再无其他。

有一次期中考试，念到我的分数的时候，历史老师说：这是谁啊，18分，这也好意思考试？接下来念到我的名字的时候惊呆了！我明明上课坐得最笔直，我明明历史课本从来没忘带过，我明明每节历史课都带着激动的心情上课来着。这回倒是成功引起历史老师的注意了，虽然不是课业上的成功。

最后的事实是，老师核错卷子了，是扣18分，原来是一个乌龙事件。虽然事情没有我想象得那么糟糕，但是那一句，"这也好意思考试"，倒是真真切切地刺激到我了。上课坐得笔直，变成了认认真真听讲，从来没忘带课本，变成了回家就预习历史课本，我也收起了历史课前的激动，趁着课前的时间，把历史练习册前前后后都认真地检查一遍。

再不去想历史的课业考试能不能考第一了，我就是在尽我最大努力，学习我最喜欢的课程。结果不负所望，在一次月考中，我考了98分，全年级第一，这下我最喜欢的老师终于记住了我。接下来，我每次历史考试的分数都高高在上，现在想想，我初中的历史课，也算是成功的吧。

这只是一件小事，但是这种小事，难道没有在你生命中出现过吗？你有没有过这样的经历？当你拼尽全力去做一件事情的时候，大多数时候成功自然就会降临。而每次你设定好一个目标，急功近利地想为这个目标而拼搏的时候，往往事与愿违。

有人可能说了：我已经尽全力去努力了，为什么我还不成功呢？

再说一个我大学考研的一个同学吧。

他当时可真是勤奋得不得了，早上五点就起床晨读，白天几乎见不到影儿，晚上十二点才拖着沉重的身躯回到宿舍。他对时间，可是出了名的珍惜。甚至不到万不得已不洗头，不洗脸简直成了常事。说个夸张的事情，他曾经吃了三个月的饺子，问他为什么不吃别的东西，他说吃饭还得夹饭再夹菜，等于浪费了两次时间，而饺子一口就能吃一个，比较节省时间。

这种人，简直是高效的楷模啊！考研肯定考上了吧，没错，是考上了，但是搭上了考研的末班车，却没有被中意的学校录取，最后也就选择放弃了。

这是为什么呢？现在有句话叫"低品质的勤奋者"，说的就是我同学这种人吧。同学早上起来的是很早，但是严重睡眠不足，结果导致了精力不集中，即使头悬梁、锥刺股，仍然是抵不住睡意，上午的时间，趴自习室的桌子上就睡着了。长时间快速地吃饺子，肠胃总是不消化，慢慢地患上了浅表性胃炎，胃疼起来还真是什么都干不下去。就这样一年到头，虽然他看起来特别勤奋，但是跟学习有关的事情还真没干多少。他只保持了勤奋的姿态，却没有得到勤奋应该得到的成功，那也是再正常不过的事情了。

在现在的社会中，摆出这种"勤奋的姿态"的人实在太多了。最常见到的就是在北上广，有多少人选择了背井离乡，告别了家乡安稳的日子，在北京的郊区租着廉价的房子，每天早上四点，天还没亮的时候，就背上背包，踏上通往单位的地铁。平时舍不得吃穿，每个人的辛苦都能写一部辛酸史了。

但是，同样是这么心酸，在大城市漂泊的人，获得真正意义上成功的人还是少数吧。你可能问我，你不说成功是努力的结果吗？为什么努力了还不成功呢？

问题是，你真正努力了吗？

217

在每天写工作总结的时候，你是不是感觉，一天下来就是瞎忙，来来回回无效的沟通，浪费了大量的时间，到真正写工作业绩的时候，却不知道从何下笔。在年度优秀职工评选大会上，你总是惊讶于周围和你做一样工作的人为什么会站上领奖台，而你却只能在台下鼓掌。

你的勤奋，真的发挥价值了吗，还是只摆出了一个"勤奋的姿态"？

在我身边，几乎所有人都嚷嚷着减肥，尤其是女生，但真正减肥成功的，只有一个。那个朋友，160厘米的身高，愣是从160斤减肥到110斤，简直就像换了一个人。

但是我却从来没听过她想要减肥的只言片语。有一天我问她：现在你减肥成功了，你总该跟我们分享一下经验了吧？

她说：现在回头想想，真的难以想象那段时间的经历。周围的人，明明身材还算可以，却都喊着减肥，而我这个真正需要减肥的人，却从来都不敢说。我怕我说了，会有更多的人注意我是个胖子。

于是她就默默地，吃的所有东西都按照菜谱上的来，天天晚上出去夜跑，从来都不晒朋友圈。就这样，她静悄悄地瘦了，努力到了，成功自然就找上了门。

追梦者们，在闲暇的时候，请盘点下你们的梦想吧。你的梦想，是否只是一个空空的目标，思考一下，你现在的努力，配不配得上你的梦想。

　　毕竟，成功是努力的结果，而不是拼搏的目标。

眼光放长远点，才能交出一份好答卷

Part1 关于感情

每一段故事的完美结局，一定会有种坚持不懈。

对于 28 岁的"剩女"来说，花时间遇到一个对的人，用心经营几年感情，再慢慢走进婚姻的殿堂，也算是种奢侈的事情了。毕竟年纪也不小了，家里人催了又催，三句话不离结婚，能顶得住压力的，很少。

大部分人就在相亲的道路上越走越远，找个不讨厌的人就嫁了，这辈子也就平平淡淡地过了。这个年纪，谈爱情太奢侈了。没有时间，太过成熟。

温雅是身边朋友的个例，即使 28 岁的年纪，还在像个小姑娘一样静静地等待着爱情。虽然她的经历，足以让她不再相信爱情。

温雅就如同她的名字一样，温文尔雅，但却没有被这个世界温柔以待。她的初恋，在大学相识的一场篮球赛上。

她是慕名去看的，那个年纪，篮球服、转身扣篮、大汗淋漓，符合一切小说里对阳光男主的描写。她鼓起勇气上去送了一瓶饮料，然后在一片口哨声中，男孩认识了她。

一起上课、一起自习、一起逃课、一起泡图书馆，大学的生活那么简单，有他在身边是那样心安。就算距离他们的初识已经过去了将近十年，温雅在向我谈起那段时光的时候，眼神里依然会泛着光。

温雅说，男孩可以早上五点起床，买回她最爱吃的那家烧麦，在她宿舍楼下等三个小时，等她起床就能够吃上。为什么不托她室友带上去？为什么不把她叫醒？

男孩说不忍心吵醒她，希望她早上一睁眼睛看见自己心情会很好。

还有雨天的伞、自习室的外套、随时随地递过来的纸巾……男孩记得温雅的一切习惯，给她准备过无数惊喜，留下过很多难忘的回忆。初恋就是这么让人印象深刻，当时的一举一动都会印刻在脑海之中。

和所有的大学情侣都将面临的问题一样，毕业了要去哪儿发展？两个人的老家距离天南海北，双方父母都不肯让步，两个人还都是独生子女，也是孝顺的孩子。

结果温雅留在了大学所在地，也是她的老家——北方的哈尔滨。男孩拗不过家里，也只能回了老家，而他的老家，是中国最南方的海南。

最痛苦的事情，不是感情淡了就散了。而是明明爱得那么强烈，却依然要分开。

温雅说，男孩毕业后又多在她的城市待了半年，做最后的告别。走的那天，雪花纷飞，男孩说可能是最后一次看见雪花，又说如果时光倒流，一定不会报这么远的大学，遇见可能一辈子都忘却不了的她。

但是又能怎么样呢？生活还是得继续，从他走后，温雅继续寻找和他一般温暖的爱情。

工作第四年，单位来了个新同事，白衬衫，西装革履，笑起来比太阳还阳光。又一个人不小心偷偷地走进了她的心。

只不过这次温雅又败得一塌糊涂。本来想着阳光男孩那么像前男友，当然也会始终对她一个人好。但是当温雅知道阳光男孩同时和三四个女同事暧昧时，大脑一片空白，身体好像被抽空了。

他啊，终究不是那个他。

所以 28 岁了，温雅依然单身，寻找着她初恋般的爱情。

她太知道自己喜欢的人，是什么样的味道。所以那些亲朋好友介绍的"条件很不错"的人，她只是淡淡一笑，选择不见。

每次走在熟悉的城市，熟悉的街道上，就在离别的火车站，她总是想象着，初恋能够走到她的面前，对她说：感谢你这些年的坚持不懈。

我回来了。

回过神来，每次都只剩孤零零的飘雪。

故事的结局呢？是那个男孩回来了吗？

"没有啊，"温雅说，"后来的某一天，我偶然知道了那个男孩的消息。原来，他一回南方就结婚了，是父母安排的。加了微信，看他幸福，我也就放心了。"

至于温雅，30岁，她的白马王子，终于让她给遇到了。没有初恋般的怦然心动，就是在他们刚认识的时候，他说要守护她。那时候温雅刚刚学车，小心翼翼地开，他就在后面慢慢地跟着，开着车灯，一直护送她到家。

温雅当时就觉得，这辈子好像就是他了。

爱情多挑剔啊。不将就，才能真讲究。

Part2 关于生活

胖胖和丫丫是一对双胞胎姐妹，两个人一块儿上学，现在一块儿漂泊。

起初，两个人有着一样的起点。大学的时候，两个人一样的生活费，毕业的第一份工作，工资也相当。

但是两个人的消费观念却完全不同，对生活品质的追求也大相径庭。

胖胖的思想观念就是，财富才能代表一切，钱是攒出来的。于是在生活上省吃俭用，住着八个人挤一间的女生公寓，穿着地摊上的"阿迪同款"。

她是这样想的，天天都在上班，回家顶多也就睡个觉罢了，有张床足够用了。床铺一个月五百块，单间一个月要两千块，差了整整四倍。而现在牛仔裤、T恤这类衣服，全世界长得都是一个样子，能穿就可以了，明明现在事业刚刚起步，赚的钱也不多，干吗追求那么多名牌。

朋友的聚餐，胖胖也都是能推则推。即使是 AA 制也是不少钱呢。别人请客她更不敢去了，那还不得请回来啊，一来二去等于吃了两顿大餐。而且，外面又贵又不卫生，哪有在家里吃得实惠。

过年的时候，家里人看着胖胖银行卡中的数字，非常欣慰，家里的女儿终于赚了人生的第一桶金！

再看丫丫呢，典型的月光族，银行卡里的数字少得可怜。这一对比起来，家长们逢人便说胖胖有出息，丫丫混得不好。

丫丫的钱都干吗去了呢？她是属于对生活品质特别有追求的那种人，让她住床铺，她是肯定不愿意的。她觉得人总该有自己的生活空间，下班了可以在安静的环境下，做一些感兴趣的事情，学习一些想要提高的领域。但是她又住不起单间，就找了一个关系较好的同事，两个人一起合租。

消费方面呢，丫丫其实也不是铺张浪费，追求名牌。大学的时候，平时挺爱臭美的，她觉得与其在品牌店买件一千元的衣服，不如在地摊上买十件一百元的，年轻嘛，经得起折腾，穿什么都是阳光靓丽。而后来，她觉得地摊上的衣服质量太差了，已经工作了，穿得整齐，至少也是对别人的尊重。

所以她的衣服不便宜，但也不多，一件衣服也不是穿着随随便便就扔掉了，节俭还是必需的。

到了新城市，丫丫最先思考的就是如何扩大自己的朋友圈。她觉得，在一个城市生活，朋友是非常重要的。父母亲戚再亲近，毕竟离得远，人总归是群居动物，遇到问题了，得有个商量的人；心情不好了，得有个商量的人；取得成就了，也得有能分享的人。

为了能够尽快地融入这个城市，适应新工作，她参加各种各样的聚会，还从网上报名兴趣小组，认识了不少志同道合的朋友。总之，也算是尽快地在这个城市站住了脚。

但是也苦了她的银行卡，不将就的消费观念，让她并没有攒下什么积蓄。

混过大城市的人，都知道越是大城市，阶级差异性最强。虽然"以貌取人"是不对的，但是第一印象，外表还是非常重要的。一个层次接触一个层次的人，说的不无道理。

　　胖胖的居住环境，加上一身学生的行头，让她在别人眼里贴上了刚毕业的标签，总是走不出实习生的影子，虽然很努力，但是也就是按部就班地涨薪，工作了几年，也就靠着省吃俭用攒到了一些积蓄。

　　丫丫呢？上班的时候积极努力，下班的时候还努力提高，加上身边朋友多，人际关系处理得也很好。职场上如鱼得水，没几年就升职到公司高层。现在更是在朋友的帮助下，开了自己的小公司，收入颇丰。

　　这回家乡的亲戚朋友可就不明白了，明明是胖胖比丫丫踏实多了，丫丫都不知道攒钱，怎么最后反而是丫丫比胖胖还成功呢？这个社会太不公平了！

　　是社会不公平吗？

　　付出，总该有回报的。对生活付出，就会还你一个精彩的人生。

　　钱，永远不是攒出来的。任何事物，有投入才有产出。

　　生活多复杂啊，不将就，才能真讲究。

Part3　关于梦想

你有梦想吗？

现在有，还是曾经有？

X 的梦想是成为一名歌手。刚开始唱歌，原因很简单，自己唱歌好听啊。和朋友们组个 Band，校园演唱会一开，那个拉风，受到了多少美女的青睐。

但渐渐地，他喜欢上音乐了。

那个时候唱片不景气，刚毕业的时候也没有哪家公司签他。那就唱 Pub 呗，整天晚上穿梭在各个 Pub 当中。有好多歌曲，唱了几千遍，直到现在听到那些歌都想吐。

X 赚的钱也不多，那个时候，他经历了人生的低谷。X 说，大多数人都没经历过饥饿的感觉，可他经理过。那时候真没钱，真的很饿。

听人说吸烟会解饿，他还真的第一次学会了吸烟。一盒烟有二十支，比吃饭划算，那个时候为了能唱歌，也是拼了。

但是梦想是给能维持生活温饱的人准备的，为了生活，他不得不暂时放弃音乐梦想。X 的厨艺很不错，某一天他突然发现，在街边摆个摊儿卖咖喱饭，至少能让他维持生计。于是，白天卖咖喱饭，晚上继续在酒吧驻场，虽然生活如此艰辛，但是，他的梦想从来都没变过：

即使再艰难，他也要成为一名歌手。

某天，X 在酒吧唱得晚了，还喝了很多酒。早上起床的时候，脑袋还昏昏沉沉，但是为了生活，又不得不出摊。他就迷迷糊糊地做着咖喱饭所用的材料，思绪乱了，比例也乱了。他说，那天他看到买咖喱饭的人脸色都变了，心里就咯噔一下大呼"完了，完了"。正好那天突然下起了瓢泼大雨，他一个人推着车，走在台北的街道上。一个趔趄，车晃了一下，车上的东西掉下来了。

就这样，一个 190 厘米的大男人，在雨中，捡着做咖喱饭的小黄瓜。他的心中突然涌起了无限悲凉：他在干什么！他的梦想呢！

自此以后，他再也没出过摊儿。他不再为了谋生而活，他不想再为了活着而将就，他的人生只有一个目标——唱歌。

在他的观念里，人生中除了唱歌，其他的都是将就。

终于，一家唱片公司看中了他，他欣喜若狂，坚持多年的梦想终究没有白费。但生活也充满了戏剧性，就当他录好专辑，马上要发片的时候，唱片公司居然荒唐地以某个当红组合和他重名为由，搁浅发片。

又一次人生失意，也是他梦想道路上最大的阻碍。算了，都已经坚持了那么多年，还怕再晚个几年不成？

等，继续等机会！

幸运的是，最后的结局是美好的，多年后，他签约了新东家，组成了乐团。他几年前早已录好的那张专辑，终于面市了。

意外的，这张专辑一炮而红；
不意外的，他坚持的梦想终于实现了。

全中国都知道了他们组合的名字，包括他追逐梦想的故事；大街小巷都放着他的成名曲，那首歌，也是人们去 KTV 必点的曲目。

那个名为 X 的男人叫苏见信，
那个曾经的组合叫信乐团，
那首歌叫《死了都要爱》。

梦想，不管离你有多遥远，只要不放弃，总有实现的机会。

不要因为现实的残忍，就让梦想缩水，或者偏离航线。

跳槽，是为了离梦想更近

毕业不到一年，他换了八份工作了。

两个月不到就换一次工作，是种什么体验？前脚同事还没有认全，后脚就转身说拜拜了。最后 HR 看到他的简历都直摇头：这个人也太不稳定了，浮躁！

他是一名"90 后"，换工作也没有什么理由，就是感觉不顺心，觉得自己不适合罢了。

"90 后"是一个颇受争议的群体，像当初的"80 后"一样，社会给"90 后"早就贴上了"任性、浮夸、自由、不稳定"等标签，好多公司一见到"90 后"就摇头，活跃是活跃，思维确实挺灵活，但公司培训完就走，公司损失的成本太大了，还不如不招。

随着"90 后"慢慢地步入了社会，工作机会虽然多，但是好工作难找。从公司的角度来讲，虽然应聘的人多，但是靠谱的太少了。两者就这么在中间卡着，合适的工作与合适的员工，总也对不上。

前文中说的他，名字叫晓亮。他跳槽的时候，都非常干脆，而且目的只有一个：涨工资。晓亮想得明白，既然出门拼搏，那就是为了钱，说什么梦想都扯得太远了，先解决温饱问题再说。听别人说，跳槽也是涨工资的好方法，他也就照做了。

但是事与愿违，虽然换了八份工作，但他的工资不仅没涨，反而降了。而且工作越来越难找，以前找工作，面试排得满满的，而现在，一周都没有几个面试。

年轻的时候，几乎没有家庭压力，生活也随心所欲。换工作对于二十多岁的"90后"来说，简直是再容易不过的事情了。大不了就是再接触一个工作圈，那又有什么难的呢！

也就是抱着这样的想法，晓亮从来无所畏惧。直到现在，他的工作机会越来越少，他才觉得是不是自己出了问题。但每次换工作晓亮都是有理由的，有些是因为专业不对口，有些是因为客户给他气受了，有些是因为领导不重视他。

他觉得自己每次换工作都不是无理取闹，但找工作还真是个麻烦的事情。

他的这些问题，的确是工作上容易出现的问题，却又不是问题。既然专业不对口，既然不感兴趣，当初为什么同意入职呢？可能是想挑战一下自己，但最后的结果就是，还没来得及挑战，就选择离开了。

领导、同事之间关系处理不好，那就找出问题所在，尝试着去解决啊。

换了工作，不代表沟通能力就能提升了，该存在的问题依然存在。

客户太苛刻了，被领导骂了，工作太辛苦了……这些跳槽理由，只能说晓亮还没有完全适应社会生活。唯有劳动才能赚取报酬，做了多少事，就领多少工资，工作的难易程度，决定了薪水的高低。在这个社会上，没有一分钱是轻轻松松得来的。

至于"跳槽就等于加薪"，这个说法可能在大部分员工身上都成立，但是恰恰就不包括没有经验的应届毕业生。工作一年，从来没有一份工作是做过试用期的，说明还没有真正地在一行实践过，掌握的知识也停留在理论水平。对于一个没有工作经验的人来说，何谈加薪呢？

那你会说了，你就是不支持跳槽，那就只能一直在一家单位干了？

也不是。但是我想说，真的有一种人，他们和晓亮正好相反，是惧怕跳槽的。我前公司有一个人，在单位已经七八年之久了，打卡机上她的职工编号都是个位数了。但是工作却并没有什么起色，工资也不多。一来是前公司工资水平本来就低，二来虽然每年工资也涨，不过涨幅很小。

她平时就是做工资报表的，深知自己的工资还不如刚来两年的员工。

闲暇的时候，也听见过她无数次的抱怨。在公司待得时间久了，什么都经历了，有很多事情我们也愿意去问她。她说公司每过两年所有员工就大换血，待遇低得根本就留不住人。老板没什么文化，也没有管理能力，根本看不出来谁为公司带来多少效益，只看表面上的阿谀奉承。福利就更别说了，年终奖一分钱都没发过的时候都有，如果年轻人想要发展，这个公司根本不行。

我们问她：为什么你能在这儿做这么多年呢？

她叹了一口气：没办法，做的时间太长了。按理来说，这个同事虽然已经三十出头了，但是还是单身，家里没有什么牵挂，也没有孩子要养，父母身体也健康。如果对眼下的工作不满意，换一换也是正常的。

可能是在一个地方待的时间久了，就产生了依赖性，不知道外面的世界是怎样的。她曾经也动过离职的年头，但是一旦走了，周围的同事就都是新面孔。本来她在这个公司已经是元老级的存在了，换个新公司，就要从头开始，没有在这个公司那么受人尊重了，她肯定受不了。

再者，现在手头上的工作，她已经特别熟悉了，每个流程都烂记于心。一旦换工作了，工作内容就得变，还要接受新的事物，刚开始的时候一定会特别难过。想到了这些，她想离职的念头也就打消了。

而她呢，平时也就是中规中矩地工作，除了工作年限比较久，存在感也不高。每到年底评优的时候，并没有特别能拿得出手的工作，于是只好年复一年，在这个公司就这么待下去了。

上面这两个朋友，对于晓亮，我会劝他找一个自己最感兴趣的行业，踏踏实实地干上一两年，跳槽的事情，等以后有工作经验了再说；而前同事，我却鼓励她跳槽，既然原工作岗位已经没有什么可提高的了，那么还继续下去，就没有什么意义了。

对于跳槽，不要惧怕，更不要只会跳槽。

谁都不是慈善家，出来工作就是要取得报酬的，但也不能只盯着薪资。如果一份工作，你觉得报酬低，但是在这里你会学到很多，那说明这个工作对你来说还是有用的，就要虚心地工作下去。如果你觉得你羽翼丰满了，这个公司再也不能给你什么了，那么 OK，跳槽也是一种提高。

阿文是闺密的男朋友，对于跳槽，我没有看过比他更成功的了。从刚毕业时候的月薪一千八百元，两年之后直逼两万元，期间只换了三次工作。

阿文是学金融的，本来想考研，然后回老家的税务局考个公务员，也是份人人羡慕的工作。但是没想到考研失败了，他也不想再考了，就按原计划回老家找了一份工作。

第一份工作，月薪才一千八百元，财务。原因是他所学的专业，在老家并没有用武之地，一个小城市，根本用不上大数据分析。那些财务工作，对他来说是简直是小 Case，每天十分钟搞定，剩下的时间任意发挥。干满一个月，阿文觉得不能在这儿浪费时间了，辞了职。

但是这一个月，阿文并没有闲着。他给北京、上海、杭州、广州、深圳等不少大公司打电话，问他们招聘岗位的主要职责和工资水平，权衡了之后，选择了北京。北京对于大数据分析还是非常重视的，而且离家不远，和我闺密的城市也比较近。而且大城市嘛，都注重劳动法，福利待遇都有保障。

京东一直是阿文最向往的公司，但是据他所了解，京东的用人标准并不低。阿文并不是名校毕业，又没有能拿得出手的工作经验。虽然是他向往的公司，但是初来北京，他并没有投京东的简历。

面试了几家公司，也收到了不少 Offer。薪资待遇也都不低，最高的八千左右，最低的也有四五千。本来我们都以为他会选择最高薪的，或者是名气最大的。但是他没有，他选择的是一家名不见经传的小公司，工资也只有五千左右。

我们觉得很奇怪，谁去大城市，不想往好了发展呢？

阿文智商高、颜值高、情商高，东西学得也快，也就半年，已经在公司做得风生水起了。有了他自己的代表作用，在市场上还引起了不小的反响。就在事业蒸蒸日上的时候，阿文又做出了别人不能理解的决定——

又辞职了。

这是闹哪样？公司老板一看人才马上要留不住了，立刻把薪资给他涨到五位数。但阿文说，他已经通过了京东的面试，一直以来，京东就是他追求的目标。不管工资高低，他一定要去京东闯闯。

就这样，毕业半年，带着已经取得的不俗成绩，阿文进入了京东。在这里，高手云集，名牌大学毕业生比比皆是，他感觉到了深深的压力。不过，这种工作氛围正是他喜欢的，年轻，就是要接受各种挑战。

阿文说，在京东的第一年，简直比考研还累。倒不是说工作有多忙，而是身边的能人太多，只有每天晚上继续充电，才能跟上他们的脚步，甚至超越他们。就这样坚持了一年，他也是别人眼中的"大神"了。

他的月薪已经比刚毕业的时候翻了近十倍，这时候，他刚刚毕业一年半。

阿文目的性很强，他所做的所有努力，都是为了进入京东这个平台。既然已经进了京东，并在京东的工作岗位上发挥了他最大的价值，对于他来说，人生的第一个大目标已经完成得非常完美了。这时候的他，工作能力已经是他最大的财富，完全弥补了他在学历上的弱势。

他的第二大目标，就是成为这个行业的佼佼者。前不久，听说他从京东跳到了百度，而工资又翻了一倍。

只有在你足够优秀、足够有能力时，跳槽才能完成一个薪资上的跨越。没有能力而频频跳槽，只能说明你很浮躁。你也应该给自己设立一个目标，可以是进入某公司，也可以是一年内单独负责一个项目，还可以是多长时间薪资达到多少，然后尽最大努力完成那个目标，这些努力也可以包括跳槽。

你的每一次跳槽，必须有价值。不要把跳槽看得太简单，在这个公司，你所积累的业绩、人脉，以及其他人对你的评价，都将随着跳槽重新洗牌。你在某一行业的工作经验，也将因此而暂停。

但不能因此你就害怕跳槽。如果一次跳槽，你的收获可以大于你的失去，那你就应该挑战下自己。有些时候，在同一个公司工作久了，工作模式和思维都固化的，换一个新环境，能够激发潜能，寻找一个不同的自己。

可你也不能只会跳槽。对于一个认真工作，对职业生涯负责的人，跳槽并不是一件小事。不能所有事情都用跳槽来解决。比如服务行业的从业者，在客户那里受了委屈，你再跳槽到服务行业，这种情况依然是存在的。这时候你应该做的不是跳槽，而是调整心态，提高专业素养，尽量少出错，态度友善，不满意的客户自然就少了。

身边有好多在二三线城市的朋友，工作当中遇到了问题，总是把问题归于"企业制度不完善、公司裁决有悖公允"上。他们的口头禅就是，这是不公平的，如果是大城市，就会怎么怎么样。其实，所有人都处在同一个环境中，那么在这个环境中的人就都是公平的。既然这个环境中有人做得很好，你就要找出你做不好的原因来。不然，即使你到了北上广，仍然还会遇到那些你所谓的不公平的事情。

　　记住，你的跳槽，最终目的都是靠近你的梦想。别盲目地跳槽，假如你现在正在跳槽的边缘徘徊，那么请认真思考下你最初的梦想，为了它，你再做出最正确的决定。

不曾走过，怎能懂得

生活中总有一些人，你把你知道的答案告诉他，他偏是不听。非要按照他的思维做一遍，撞了南墙之后再回头。这人要是陌生人，你也就当看了个笑话。但这人一旦是你朋友，难免会心塞。

明明都已经提醒过了，怎么还走弯路呢？怎么，不信任？

我身边有个朋友，关系不错，她就是这样的。明明已经告诉过她从某地到火车站坐，一个小时公交车、出租车都可能会堵，一定要坐地铁。她就是不听，两个小时之后她回来了，拎着大包小包的行李箱，说误了火车，改签了第二天的一班火车。

大学毕业后，这个朋友孤身一人去了北京。本来家里挺有实力的，为她安排了国企工作，拿到了北京户口。这原本是别人梦寐以求的事情，但她却义无反顾地辞职了。

在这之前，朋友一次次地给我打电话，诉说着国企人际关系的复杂，说每个人好像都戴着面具，说每一句话都要小心翼翼。朋友本来就是那种喜欢依赖的性格，独来独往是她所接受不了的。但是她发现在那个公司，似乎没有真正的朋友。

她也曾经尝试着在新的环境中去交朋友，旁边的同事年龄都相仿，共同话题自然也多。很快的，她和一个小女孩成了朋友。两个人在新人入职培训的时候住在一起，不到一个月就无话不谈了。

　　既然是同一个公司的，聊天的话题自然离不开工作上的事情了。谁谁迟到、早退没被发现，谁又拍谁马屁了，谁谁是个"心机婊"，说的时候无心爽歪歪，被有心人听到就是故事了。

　　朋友的话，全部传到了当事人的耳朵里，而她同事还装作没事继续对她笑脸相迎，朋友说从来没见过这么不要脸的人，简直恶心爆了。

交友不慎，又能怪谁呢？早就提醒过她不要在同事中交朋友，她就是不听。

　　交友不慎，又能怪谁呢？早就提醒过她不要在同事中交朋友，她就是不听。

　　再来说工作，每当我忙得焦头烂额的时候，QQ只要一直在闪烁，猜都不用猜，一定是那位朋友。似乎她上班的所有时间，就是找各种各样的人聊天，来诉说她的无聊。

　　她从来不知道一天到晚头都没时间抬的忙碌是什么感觉。有天大姨妈到访，我在QQ里说不行了，疼死了，要坚持不下去了。这个朋友一脸无辜地问我，为啥痛经还需要上班？

　　对，上班不用打卡，不来也不影响工作，请病假不扣工资。过年恨不得提前一个月就放假，年假、周休、探亲假，数不完的假期在等着她。而过年只放七天假的我，匆匆地回来，急急忙忙地赶火车离开。这种心酸，她不知道，在温室中的她，从来不知道外面的世界并没有那么温暖。

有天聚会，她跟我们这群闺密说，她实在受不了了，想辞职。现在就是在浪费生命，她才二十多岁啊，干吗要提前过养老的日子。

话音刚落，所有的人都觉得她疯了。多少人想要安逸的日子，多少人为了一个北京户口漂泊多年，却始终不能如愿。本来已经到手的稳定，说不要就不要了？

除了她，剩下的闺密们都在民企、外企一点点靠自己的打拼。听到这句话，当然是炸了，各种各样地劝，跟她说外面的世界多么多么不容易，公司制度有多严苛，福利有多差。傻啊，这个时候选择离开，身在福中不知福。

听着她们这么极力地劝她，我知道就算我这个朋友现在再认同这些闺密的观点，辞职是一定的了。毕竟从小一起长大，我再懂她不过了。这种情况，不如不劝，她自己或许还能想清楚。一旦劝说，那她一定会按照自己的意愿办了。

果然不出所料，一周还没到，她就说她辞职了。

身边的人又一次炸了锅，她妈妈更是气得威胁她要自杀。她又找了一份旅行社的工作，可以带着背包，天涯海角地去出差，到各地体验风土民情，她说这才是她想要的生活。

确实，这是她幻想中想要的生活。但生活不是电视剧，出差没有那么美好。经常出差的人知道，虽然你看过了很多城市，但是任何城市都不属于你，再也没有哪里可以给你安全感。这些，别人都劝过她，还是无效。

当时我对她的行为的评价，也就是年龄太小，不懂事罢了。失去才懂得珍惜，几年之后，她终将明白，她失去的是别人做梦都想要的稳定生活。

本来我一直是这样以为的，直到一件事，改变了我的看法。

242

我换了份工作，原因是前一份工作无休止地加班，让身体吃不消。有一家公司的老总，跟我关系挺好，让我过去帮忙。工作轻松，收入也可观。

在巨大的压力下解脱出来，当然是一种畅快淋漓的感觉。每天除了制度比较严，上班、下班需要打卡之外，基本上没有什么工作可以做。顶多是审审稿子，接下来的事情，总有人去做。

工作从分外忙碌，到过分清闲。看电视剧，逛淘宝、逛京东，和朋友聊微信、QQ，成了我主要的工作。就这样，过去了大约三个月左右。

感兴趣的电视剧快看完了，差不多都是一个套路，看到开头就能猜到结局，实在是无心再看。家里都已经快被快递填满了，再也提不起网购的兴趣。朋友们该聊的话题都聊了，实在不知道该聊什么，加之他们都很忙，聊天工具也消停了。

这时候，我突然感觉到空虚起来。从周一上班开始，就盼着休息日，时间也过得飞快。但除了每个月账户上固定打来的工资以外，生活居然一点儿变化都没有。

在竞争如此激烈的社会，我太知道逆水行舟，不进则退的道理了。凭借着几年的工作经验，我尚可以找到现在清闲的工作。但如果在这个公司做上十年呢？那时候再入社会，真是一点儿竞争力都没有了。

想想就可怕。

思考了之后，我做出了辞职的决定。我身边的人也同样不能理解，一个个地都过来劝阻。想来也真可笑，历史总是惊人的相似。但是，我却明白了一个道理。

你又不是别人，你又没有经历他的人生，你凭什么劝别人！

你很渴，看见别人手里有一杯水，但是他只是端着不喝。你就上去跟他说教，为什么不喝水？知道对于口渴的人来说，一杯水是多么的珍贵吗？你巴拉巴拉说一堆，好像他不马上把水喝掉就是大逆不道！

而那个人只会觉得你很多事，那杯水是刚刚烧开的 100 摄氏度滚烫的水，谁会傻到现在就去喝了它？

一样的道理，你无权对别人的决定指手画脚，因为别人的生活，你从来不能真正地参与。

我现在太了解那个朋友的想法，不是她不听别人的劝告，是因为她只想做好自己，过好自己的人生。就像那次去火车站，坐公交说不定运气好就到了，而坐地铁可能因为晚高峰挤不上地铁，同样有可能错过那列火车。

人家就想按照自己的想法生活，你干吗去干涉？

有些人，总喜欢操心，别人的人生，恨不得全权参与。只要别人做出了与自己想法不一样的决定，总要品头论足一番，好像那些事自己都经历过了。

公司来了一个小女孩，"90 后"，漂亮，开朗，做事干练。有次吃饭的时候，大家闲聊。女孩的感情问题成为了大家好奇的事情，于是就问到她男朋友是做什么工作的。

女孩说，她还是单身贵族，没有男朋友。

旁边的一个年纪挺大的员工，马上把话接过来了：哎哟，看你各方面都不错，咋就没有男朋友呢？好可惜啊，咱这条件也不差啥啊。

大龄员工皱着眉，摇着头，口里还一顿啧啧啧啧。

这时候的气氛有点儿尴尬，女孩说：没有什么的啊，就是不想找。没遇到合适的，不想将就。何况我才二十出头的年纪，不着急把自己嫁出去，多陪陪父母吧。

大龄员工一听，就开启了说教模式：有对象和没对象能一样吗？你看你在异乡打拼，自己一个人肯定不行啊，身边连个关心你的人都没有，那能行吗！

而且你看看，你都多大了。女人这么熬着是要贬值的，你看你现在是长得漂亮，皮肤也好，但是过几年你再看看，岁月不饶人啊。再等，好男人都被别人挑走了，你得抓紧啊。你看你现在找对象，得找个一两年吧，相处也得一两年吧，眼看就要三十了。

准备准备再要孩子，高龄产妇啊，对你身体不好，更别提对孩子了。产后会落下很多疾病，身材也会走形，那时候，你可真成了黄脸婆了。

再者，生孩子这事儿，和工作也有关系啊。现在你的事业正在上升期，趁着年轻肯定是要拼一把的啊。这之后休产假休半年，回来工作还真能接得上吗？告诉你啊，姐姐可是过来人，你一定要早点儿找对象啊。

身边的人都沉默了，这操心的程度，我在心里也呵呵了，好像不听她的话，人生就要进行不下去了一样。女孩非常有教养，明明已经不愿意再听了，但是还微笑着听完，但心里估计早就有无数只羊驼在奔腾了。

如果告诉女孩，这个侃侃而谈的大龄女人，已经离了两次婚，而且并没有生养孩子，不知女孩会做何感想。

有些人就是这样，虽然自己不曾经历，但是总喜欢左右他人的人生。殊不知，他们所谓的经验，或者是在别处听来的，或者是在电视剧、小说、杂志上看到的，也就是说，和他们的生活一点儿关系都没有。

但是不曾走过，怎会懂得啊。

最可怕的就是，这种人云亦云的理论，会形成强大的舆论。意志不坚定的人，很可能会被他们的言论所左右。

于是，就有了如下的结论：

北漂？别了吧，北京多辛苦啊！什么，赚得多？但是花销也很大啊！干吗那么委屈自己，住着阴冷的地下室，独生子女哪儿受得了那样的苦啊！

追求梦想？算了吧！这世界哪里还有什么梦想，梦想是给有钱人的，有钱才能有梦想。还是老老实实找一份工作，踏踏实实地养家糊口吧！

你想创业？那可不行啊，那是谁都能创业的吗？你一个大学生，正经工作都没有，也没有经验，创业怎么能成功啊。而且现在创业的公司那么多，倒闭的也多，你还是早九晚五比较实在吧！

你不想要孩子了？大逆不道啊。这是老祖宗传下来的，怎么可能说不要就不要！等你老了的时候，身边连个陪伴的人都没有，那个时候你就会后悔了。你就应该生个孩子，然后放弃自己的生活，整天围着孩子转，这才是人类应该过的生活。

身边这样的言论，实在是太多太多，这就是一种思维绑架。我身边所有去北京的朋友，就没有住过地下室的，没有钱，完全可以去青年宿舍，虽然只是一个一个床位排得很满，但也干净舒适。虽然北京消费高，但是要看你想要怎样的生活，简简单单同样可以活得很好。

我的朋友们，有最终实现了自己演员、歌手、编剧、作家梦想的，也有创业成功的，别人都在打工的时候，他已成了一个小老板。也有丁克一族，不要孩子的，他们觉得现在空气污染，饮食安全问题太严重，不想让下一代来遭罪。其实不要孩子活得更自在，这也许就是他们想要的生活。

谁也不曾走过你的人生，同样也没有资格议论你的决定。如果你心有梦想，如果你想做一些事情，那么就按照你的想法去做吧。至于他人的声音，听听就好，谁也不能替代你的决定，只有你能为你的人生负责。

247

失去了，才知道珍贵

1

早上刚刚打开电脑，QQ 就不停闪烁。小梦接连发四五个哭脸，这个孩子最近还挺积极的啊，这是发生什么事儿了吧？

小梦是个挺活泼开朗的姑娘，我们是在上一家公司认识的，那时她刚工作不久。小姑娘挺有上进心的，也当我是大姐姐，工作上遇到什么问题，也喜欢跟我探讨。

我打开了对话框，迅速地飞出了三个字：怎么了？

姐，我要纠结死了。我跟你说，我喜欢了十多年的明星来长春了，我从初中的时候就特别喜欢他。他的每一首歌我都听过，励志的歌词一直伴随着我的成长。他一般都在北上广演出，但是学生时候的我，花父母的钱，从来没好意思开口去听他的演唱会。就算现在工作了，去北京看演唱会也是一笔不小的支出，这回他终于来到我的城市了！

那恭喜你啊，终于能见到你的爱豆了，这是好事啊，那你还纠结什么，门票贵吗？

不是啊，就是普通的商演，门票才二百块钱，我完全可以负担得起，这是千载难逢的好机会啊！只不过，偶像来长春的日期是十月二日，十一我刚好答应了父母要回家……

所以你不知道该留下，还是看演唱会了是吗？那你肯定要做出选择了啊，你是怎么想的呢？

本来我想，以后见父母的机会还有很多，我真想去看看我从没见过面的偶像。回家的火车票都想退了，但刚刚老妈给我发过来一张照片，说早上去菜市场给我买的好吃的，有我最爱吃的豆沙馅月饼，还有蓝莓干，各种给我留的螃蟹、羊肉、鸡肉。看来老妈很想让我回去，我真不知道怎么开口啊。

你是决定不回去了吗？

我知道我应该回家，老妈的期望那么大。但是我还是摇摆不定，怎么办呢？

那你回家吧。

我真不甘心啊姐，好可惜，我需要一个非回家不可的坚定理由，赶快说服我啊！

我怔怔地看着电脑屏幕，指尖突然在键盘上沉默了。思绪又回到了大学的那个暑假，记忆中六月的天气分外燥热，喘不过气地压抑。我就给她讲一下我的故事，她就会有自己的选择了吧。

小梦，姐的妈妈已经不在了。大学的那年暑假，我去看了潘玮柏的演唱会，也是像你一样，偶像来到了我的城市，同样千载难逢。我选择晚半个月回家。结果我真不知道癌症原来那么可怕。我七月十五日到家，妈妈八月三日就离开我了。我真后悔没有多陪陪她。

见父母的机会还多，这本来就是一个假命题，毕竟你长大了，父母也就一天天地老了。子欲养而亲不在，这是人生的一大悲哀。但是如果再回到那个暑假，我可能还是会选择去看演唱会，因为人总是失去才懂得珍惜。但有些事情，如果不珍惜，那就再也不在。

姐姐，我懂了，我回家。

人生短暂，守住生命中那些珍贵的东西，比如亲情。

2

在朋友的婚礼上，孟鑫和浩然时隔十年之后再次遇见。

大学的时候，他们两个是亲密无间的情侣。在一次辩论赛上相识，两人本就有相同的爱好，郎才女貌，大学四年，不知羡煞了多少人。

一起读书，一起辩论，一起泡图书馆，手牵手走遍校园的各个角落。

他俩也是大学里的风云人物，不管是班级同学，还是学弟学妹，都觉得他俩以后是一定要结婚的，这么般配的两个人，想不到什么原因能把他们分开。

毕业季，分手季，这两个情侣也没有逃脱掉。毕业分手的情侣，大多数都是因为在两城发展，接受不了异地恋。而孟鑫和浩然，毕业之后都留在了大学所在的城市，分手理由，他们自己都想不到。

毕业后，两人都找到了工作，感情很稳定，自然也就住在了一起。那年中秋节，浩然想给孟鑫一个惊喜，他想带她见见他的家人，给他们的爱情一个结果。

可也就是那年的中秋节，爱情的梦碎了。回家之后，浩然的妈妈找各种理由刁难孟鑫，说什么也不同意他们的事情。浩然也很纳闷，老妈刚刚见到孟鑫，为什么就那么抵触呢？

各种谈判都无效，浩然的妈妈上演了一哭二闹三上吊的好戏，甚至还当着孟鑫的面，给浩然介绍女朋友。孟鑫也很困惑：爱情，放弃不下；现实，却又如此这般。她天天以泪洗面，生活被搞得一团糟。

中秋节过后，两人回到工作的城市，浩然出乎意料地提出了分手。四年的感情，抵不过他妈妈的几句话？浩然说他是家里的独子，而且爸爸去世得早，他妈妈一个人把他拉扯大，不管怎样，他都不能让她老人家伤心。

那四年的感情，说散就散了吗？孟鑫心里那个恨啊，但是，浩然就是这样重情重义的人，而自己当初喜欢他的，不也正是他这种敢于担当的人品吗？

虽然浩然已经提出分手，但是孟鑫也是个非常重感情的人，对待这份爱情，她特别认真。她就瞒着浩然，又去了一次浩然家，准备和他妈妈好好谈一谈，也体现一下她的诚心。

此次一行，彻底让孟鑫死心了。浩然的妈妈连门都没让孟鑫进，但是孟鑫也知道了他妈妈不同意的理由，说是浩然和孟鑫找过算卦先生算过，八字不合。而且一个女孩子还没有结婚，就跟男生就住在一起，认为她也肯定是个不贞洁的女孩。

多么荒谬的理由！孟鑫从小出生在一个书香世家，从小父母就对她的家教极严，待人接物，没有一个人说她孟鑫没有教养。"不贞洁"这三个字，她是第一次听见有人用在了她的身上。

失望透顶，再放不下的爱情，到这种程度，也应该放手了。

十年过去了，他们在朋友的婚礼上再次遇见。听说分手后，浩然娶了他妈妈安排的一个姑娘。浩然的媳妇，生性刁钻，真是所谓的一物降一物，他妈妈也被管得服服帖帖。那个农村女人没有什么文化，下里巴人遇上浩然的阳春白雪，自然没有什么共同话题。据说他俩现在已经两地分居，丝毫没有感情可言。而浩然的妈妈又以死相逼，浩然又不能离婚，自然也就这样凑合着过。

孟鑫呢，在和浩然分手后，就再也没能遇见能和她棋逢对手的辩手，下雨天大老远给她送伞的暖男，她一个眼神马上就能懂的绅士。孟鑫宁缺毋滥的性格，让她一直单身到现在。

两个人都不幸福。再次相见，觉得有很多话要说，但又不知道从何说起。

反正说什么都回不去了，不管幸不幸福，都要相忘于江湖。假如浩然当初再多一点儿坚持，说服他妈妈对孟鑫的偏见，会不会孟鑫和浩然现在正幸福地生活在一起呢？

没有发生的事情，谁知道呢？

人生短暂，守住生命中那些珍贵的东西，比如爱情。

3

苏乐疯了！他的家人、亲朋好友都这么认为。一个硕士生，好端端地辞去了世界五百强公司的职位，买了个马路上随处可见的小推车，做起了脆皮玉米的生意。

这是一个大学生应该做的吗？这么多年的书，白念了吗？父母供一个大学生多不容易啊，他就选择了一个这么个低门槛的营生？

苏乐的事，在一段时间成了亲戚朋友们茶余饭后热议的话题。百分之八十都是表示不理解，这完全是大材小用，没事儿自讨苦吃嘛。

苏乐到底是怎么想的呢？工作了几年，苏乐处处要强，晋升的空间也不小。但是苏乐也发现，他可能一年为公司创造几百万的利益，但是他拿到手的工钱，才刚到百分之二。既然自己有那个能力，而且工作了几年，还有管理经验，干吗还要给别人打工呢？自己创业不好吗？

苏乐对美食最感兴趣，一道菜，他能研究出几种不同的做法。全城的美食，没有他没吃过的。他想从自己的爱好出发，从美食做起。想法是好，但最大的困难就是没有资金。苏乐工作几年赚的钱，刚刚缴了一个房子的首付，实在拿不出多余的钱来。为了将成本降到最低，他选择了在路边摆小摊。这样只需要一万元的启动资金，他就能做自己的老板。

他不想经营像烤冷面、炸鸡柳这些传统小吃，他学过很长时间的营销，知道新鲜的东西，才能吸引人，也有助于开拓市场。于是他先去南方考察，觉得脆皮玉米很好吃，而且刚刚开启市场，有很大的经营空间，加盟成本也不贵。所以他就学了这项技术，半个月不到，他的脆皮玉米的小摊儿就开起来了。

刚开始没什么经验，脆皮玉米这种东西，虽然很新鲜，来买的人也不多，但这种东西利润很大，回头客也不少，勉强维持成本。当然，他知道一件新鲜事物，要打开市场需要一段时间，这种事情是急不得的。

然而，问题马上接踵而至。苏乐从小在城市长大，没吃过什么苦。

上班之后，也是公司白领，出入写字间，颇有逼格。现在他一早就得起床，将玉米清理干净，煮熟。还要把车里的油都换一遍，所有的东西都清洗一遍。

毕竟是油炸的东西，不管再怎么擦，车里车外到处都是油腻腻的，这让处女座的苏乐十分接受不了。看见刚刚擦洗干净的地方，马上又溅上了一堆油，这让他整个心里都是崩溃的。

最重要的是，服务行业，能遇到形形色色的人，啥样的都有。有一次他像往常一样招揽生意，这时候来了一个阿姨，带着一个小孩子。刚走到附近就跟孩子说：你看，你得好好学习，你要是不好好学习，以后就会像这个叔叔一样没出息。

好吧，苏乐在心里说，他就是学习太好了，所以才不甘心给别人打工，再难再苦也选择自己创业。

最要命的，还是自家人的态度。整天问他赚了多少钱，在他身上寻找新的话题。赚得多了，酸溜溜地说：哎呀，还是出苦力赚钱啊；赚得少了，又开始冷嘲热讽地挖苦起来了。苏乐算了算，初期确实没有赚到钱，只能暂且达到收支平衡。

面对各方面的压力，苏乐也累了。在追逐梦想的道路上，本来已经够艰苦，身边连一个支持他，给他加油打气的人都没有，天知道坚持下去有多难。

所以在赚回本钱之后，他选择放弃了。以他的条件，又轻轻松松找到了一份工作，年薪还非常可观。这回家人又开始叨念了：你看，我就说，创业哪儿那么容易，还是老老实实上班来得实在。

后来的那个秋天，脆皮玉米大火，城市中唯一一家脆皮玉米店，整天门口排起长龙，玉米一度脱销，供不应求。苏乐每次下班都能路过那个摊位，他总是强制自己不要往那边儿看。错过了这个机会，以后他和创业就彻底无缘了。现在工作做得再好，到底还是个打工仔。

人生短暂，守住生命中那些珍贵的东西，比如梦想。

有人用一张 A4 纸概括人生，一个 30 乘 30 的表格，过了一个月就划掉一个，你会突然发现，原来我们的人生如此短暂，也就只有 900 月而已。但是就在这些岁月里，有很多东西是仅此一次的，错过就不再，那些珍贵的东西，一定不要轻言放弃。人生最可悲的，不是有些事情没有经历过，而是明知道珍贵，最终却擦肩而过。

人生短暂，守住生命中那些珍贵的东西。

我们终将与世界握手言和

可能因为当初我们就是哭着来到这世界上的，所以这辈子，我们都在和这个世界较劲。

从出生开始，你的身边就总有一个"别人家的孩子"，你拼尽全力，怎么追都追不上他。而那个被人津津乐道的"别人家的孩子"，当然也没那么幸福，心里、眼里任何事情都要一百分，那种近乎完美的苛求，让他们整个童年都在他人的极高期许下过活。

在生活中，总有各种各样的人，创造出很多不可能完成的奇迹。比如说一天的工作，一个小时就完成了；为了减肥，七天没有吃饭，却挺下来了；连续上班，全年无休，每天加班到很晚。这些人为了事业，为了美丽，为了所谓的成就感，每天在与世界对抗，不按常理出牌，但他们特立独行的性格，却给世界留下了深刻的印象。

这些人总是年轻得有恃无恐，过了青春期的时光，仍然叛逆。他们扬言要超越所有人，征服这个世界。

1

　　小王是我见过最有个性的人，在办公室里，每个人都穿着工装上班的时候，他不知道哪天就穿了条花裤子，染了红色的头发，一身杀马特造型，甚是显眼。领导批评他，他也振振有词：我们是做时尚杂志的，自己都不时尚，做出来的东西给谁看。

　　这点我倒不否认，论起敬业，谁也比不上小王。为了追踪一个时尚热点，小王能熬两三个晚上，开会讨论一个选题，他能跟别人争得面红耳赤。就算领导选择了其他人的选题，他也丝毫不在意，必须把自己的选题做完。领导不采纳？那就等着他大闹主编室了。

　　不管是什么事情，小王总喜欢争抢。一听说他感兴趣的时装节开幕了，不管公司领导是怎么安排的，他必须要到现场。只要是能抛头露面的机会，他一丝都不肯放过。领导们说他就知道抢风头，他自己却心里委屈着呢，拎着相机拍了一整天，都快成了木头人了，这个风头，谁愿意抢？

　　还有一件事，他同事最受不了。就是小王在工作的时候，总喜欢颐指气使。让某某人打份资料，让谁谁去走办公室流程，申请个什么东西，可打印机就在他旁边，他就是不自己动手。说他欺负新人吧，他又开始委屈了：我手里的工作那么重要，当然要聚精会神地做，旁边的同事一看就没有事情做，让他帮个忙怎么了？

　　最近有件事，给小王惹火了。原因是公司要从他们同批进来的十个人里面选一个主管，而他，连候选人的资格都没有。

为什么啊？小王一看到名单，简直要怒不可遏了，就又跑到了领导办公室。公司的那些重要项目，哪个不是他小王牵头完成的，如果现在写一份工作总结，哪个人的能力有小王的更出彩？！从专业能力上看，怎么说这个主管的职位都应该是他的。为什么他连个候选人的资格也没有？

其实领导也无奈，公司几百人，都有权推选主管，但是不能自荐。全公司没有一个人推荐小王的，这能怪谁呢？业务能力再强，也要遵守规则啊！

小王非常生气：什么狗屁规则，就是付出和回报不成正比。光让我付出，等到升职的时候却不想着我，这样的公司，不干也罢。

就这样，小王拍桌子就走人了。很快，他就找了个新东家。他依旧我行我素，活在自己的世界。在他的世界，别人都是浮云，别人的能力都不行，地球离了他都转不了。他总是以高高在上的姿态示人，好像除了他，世界上的所有人都是无能的。

同事们当然就不干了啊。在同事们眼里，虽然小王挺有想法，但是毕竟一个人的力量是有限的。有次公司接了一个大型活动，上层领导十分重视，让员工出一套策划方案。那就大家都出来讨论呗。

小王偏不，觉得其他同事的想法都太 Low 了，依旧坚持自己的想法。

最后的结果挺有意思，公司领导让小王自己出一套策划，公司的其他员工出一套，谁的好就用谁的。

刚开始的时候，小王劲头可足了，三下五除二就写了一个计划大纲，想法也新颖独特。但是细化方案的时候他傻眼了，领导需要的是完成方案，配图谁配，数据谁分析，表格谁来做？小王不管让谁配合，谁都一句话：不行，我在忙我自己的方案。

想法再好，巨大的工作量，一个人做的也不可能有几十个人做得好。意料之中的，小王的方案落选了。这次的失败对他打击很大，这又是为什么啊？自己明明想做好工作，凭什么世界都与他为敌！

其实答案也挺简单，就是小王太以自我为中心，以为自己就是一个世界。诚然，每个人都有自己的小世界，但这个小世界太大了。守住自己的世界，从而与世界为敌。

太难了，太累了。

2

现在我要讲述一个同学妈妈的故事，那个时代，她妈妈是父母甚至全村人的骄傲，从小优秀到大。文化大革命刚刚恢复的时候，考大学就像千军万马过独木桥，她妈妈轻轻松松地考过了，也成了当时村子里最有出息的人。

但谁也不知道，刚捡起课本那一年，她这个大学考得是有多么艰难。古人形容学习刻苦，用头悬梁、锥刺股已经够让人接受不了了，同学妈妈简直是自残。

吃饭？不吃，太贵了，用来买书。睡觉？不睡，太浪费时间了，用来做题。每天三个小时的睡眠，经常饿到晕过去。遇到不会做的题，到老师家里去问，老师都要烦到不行。一道题错了两次，那是绝对不能容忍的，惩罚自己，去河里冬泳。

好在最后的结局足够好，而且够她骄傲一生了。事实上，她的人生也充满着自豪。毕业之后，必须争取分配到最好的工作；找老公，必须要找最帅、最有钱的那个；而我的同学，也被她培养成了另一个她。

年轻的时候，厂子里来了比她小的员工，小姑娘虽然不大，但出落得漂亮，而且工作也积极努力，领导特别喜欢。这一下抢了同学妈妈的风头，这可成了同学妈妈的心头刺。两个人明争暗斗，拼命工作，每次评优都好像两人的殊死搏斗，关于这些，厂子的所有人都看在了眼里。

终于，姜还是老的辣，同学妈妈瞄准了一个机会。那个小姑娘和朋友聚餐的时候，得意扬扬地说她已经是领导身边的红人了，领导上次出差的一笔报销款，明显账目不对，都找她报的。也就是和身边的人吹吹牛，但是这话，最后传到了同学妈妈的耳朵里。

行事果敢的同学妈妈，当然不能放过这个好机会，一封匿名举报，下台了两个竞争对手。三年后，同学妈妈就做到了曾经那个领导的位置上。

当然，同学妈妈的英勇事迹远不止这一件，她不仅斗同事，还斗小三、斗警察、斗外面的小商贩，甚至斗亲朋好友。同学笑言，她妈妈从小到大就是一名"圣斗士"。

但是这名"圣斗士"也有斗不懂的那天。前不久，她妈妈被查出了严重的心脏病加哮喘，只要一激动，马上就犯病。刚开始，同学妈妈就是不信这个邪，依然我行我素。直到在医院被抢救了两次之后，才终于知道爱惜自己的身体了。

无论你多么优秀，多么不服输，多么能挑战极限，你的这些引以为傲的品质，在生命面前都不堪一击。而这个世界，身体才是生命的主宰。

3

在生活中，当一个人洁癖到你忍无可忍的时候，当一个人对他全部的工作都吹毛求疵的时候，当一个人对他伴侣的要求近乎完美的时候，你会情不自禁地问上一句：

你是处女座吧？

处女座不被大家所接受，我觉得主要原因就是，自我感觉良好，对生活的要求太高了。这个人群的特点，就是一直生活在自己的世界里，不论外界怎样变化，依旧我行我素。

我认识的一个处女座男生，自命不凡。他跟我说过，只要他认为配得上他的女生，没有一个他追不上的。他想做的事情，一定能成功，除非这件事他压根就不想做，一副高高在上的样子。

还有一个处女座，是工作当中的同事，就算是一件芝麻大小的事，他也要每隔五分钟确认一遍，似乎全世界只有他办事才最靠谱；只要他有要求，必须要让他的工作伙伴停下所有手头的工作，先给他开绿灯，好像世界上只有他的工作才算工作。

那又能怎么样呢？他还是娶了个平凡的姑娘，做着普通人的工作，还是需要每天上班、睡觉、吃饭、打游戏、看电视，还是在为孩子的奶粉钱所努力着。每个处女座的人，都经历着普通人必须经历的事情。

这个和你是谁、拥有多大财富、多高的官职都无关。

我们听过很多励志的故事，总是觉得，如果想成功，那一定是要剑拔弩张的，一定要征服了谁、超越了谁、战胜了谁，好像只有和全世界为敌，才能得到最后的成功，才会实现心中叨念了无数次的梦想。

其实不是这样的，这个世界，并不是全部都是对立的关系。最简单的道理，如果有空，就去看看那些流水线作业。所有人都站在自己的工作岗位上，认真地做好所负责的事情，那么几十人合作，就会完成看似不可能完成的工序。

如果这时候其中有一个人站出来了，说：就是我最强，我在这里面能力最高，我是最厉害的。那么就让他一个人试试整条流水线吧。即使是精通所有的工序，从流水线的一头跑到另一头，最后他也会因为体力不支而倒下。有些事情，不是个人能力强就能办好的。

合作，本来就是最优美的一种姿态。

细心观察周围的人，最容易冲动的总是年轻气盛的，最沉默寡言的总是年纪比较大的。年轻，总是和好胜联系到一起；成熟，总是和稳重联系在一起。其实年长的人，在年轻的时候，也一样任性，一样得理不饶人，一样以自我为中心。

沉默了，并不是因为他们老了，没有力气了。完全是因为看过了太多，经历过太多，知道怎么去权衡利弊，怎么稳妥地去处理一些事情，而不是逞一时的口舌之快，完全不在意自己的损失是不是大于收获。

年轻的人可能说了：凡事都有对错，我做我认为对的事情就可以了。

你当然可以这么理解，但是韩寒的《后会无期》中有句话我印象很是深刻的：
小孩子才分对错，大人只看利弊。

小时候那些"别人家的孩子"，随着年龄的增长，他们终归会明白，"第一""冠军"只是一个阶段片面的追求罢了，在某个领域获得成功的人，往往都不是取得第一名的那个人。